WETTLAUF DURCH DIE ZEIT

Daniela Mattes

WETTLAUF DURCH DIE ZEIT

Eine Zeitreisegeschichte in die Welt des Alten Testaments

TWENTYSIX – Der Self-Publishing-Verlag
Eine Kooperation zwischen der Verlagsgruppe Random House und BoD – Books on Demand

Herstellung und Verlag:
BoD – Books on Demand, Norderstedt

ISBN: 9783740752682

Ein paar wichtige Worte vorab

Verschwörungstheorien erfreuen sich größter Beliebtheit. Einige davon basieren sogar darauf, dass die Regierung(en) Zeitreisetechnologien nutzen, um in der Zeit zurückzureisen und Kriege zu gewinnen, unerwünschte Personen jeglicher Art zu beeinflussen oder auszuschalten, um den Lauf der Geschichte in ihrem jeweiligen Sinne zu verändern.

Oft entbehren diese Theorien jeder Logik oder Grundlage, manchmal sind die Wünsche jedoch zumindest nachvollziehbar – natürlich möchte ein Land, das einen Krieg verloren hat, lieber gewinnen, natürlich möchte man einen Gegner ausschalten, etc. Bisher gibt es jedoch keine nachprüfbaren Beweise dafür, dass die eine oder andere Theorie gar keine Theorie ist, sondern eine Tatsache.

Eine beliebte Theorie ist es auch, dass Zeitreisende zurückgereist sind, um die biblischen Zeiten zu beeinflussen, denn noch immer ist die Religion ein gutes Mittel, mit dem man Menschenmassen in den Griff bekommen, leiten oder unterdrücken kann – so wie es uns einige Sekten anschaulich vor Augen führen.

Für diese kurze Science-Fiction-Geschichte wurde daher genau dieser Punkt aufgegriffen: Jemand in einer noch weit entfernten Zukunft hat die Schnapsidee, in der Zeit zurückzureisen, um ein ganzes Volk aus der Geschichte auszuradieren bzw. seine Entstehung zu verhindern!

Ich möchte allerdings klarstellen, dass der Aufhänger der Geschichte rein fiktiv ist, so wie die gesamte Geschichte und die dargestellten Personen, und nur dazu dient, einen Grund zu suchen, warum jemand überhaupt auf die Idee kommen sollte ... und zu zeigen, was ein einziger aufrührerischer charismatischer Mensch anstellen kann, wenn er es schafft, einige Leute auf seine Seite zu ziehen ...

Bitte folgen Sie mir also in das Jahr 2103, wo im Weißen Haus erstmals kein Präsident der USA, sondern eine Weltregierung mit einem Vorsitzenden gewählt wird. Während sich alle über das neu etablierte „Friedensreich" freuen, gibt es – wie immer – einige Unzufriedene, die auch angesichts dieser positiven Entwicklung ein Haar in der Suppe finden und sich schwer ins Zeug legen, um dieses historische Ereignis zu verhindern.

Pressesaal des Weißen Hauses, USA

Abb. 1: Logo des Weißen Hauses

Der Saal brodelte geradezu und die Security hatte alle Hände voll zu tun, die Menschenmassen draußen zu halten. Die Sicherheitsmaßnahmen waren die höchsten, die es je für eine Pressekonferenz gegeben hatte. Vertreter aus jedem Land der Erde waren angereist, um an diesem besonderen Tag vor Ort zu sein.

Der Veranstaltungsort war ausgelost worden, damit niemand behaupten konnte, er wäre bevorzugt worden. Doch das spielte in diesem Fall keine Rolle ...

Schließlich war es soweit. Um Punkt 9 Uhr bat der Präsident der Vereinigten Staaten am Rednerpult um das Wort. Die Presseleute brachten ihre Mikrofone und Kameras in Stellung, weltweit würde diese Versammlung live ausgestrahlt werden. Als sich Präsident Benson räusperte, wurde es mucksmäuschenstill im Raum. Man hätte eine Fliege atmen hören können.

„Es ist mir eine besondere Ehre, dass die Räumlichkeiten im Weißen Haus für diese Ehre ausgewählt worden sind. Nach vielen Jahrtausenden der kriegerischen Auseinandersetzungen auf der ganzen Welt haben wir es endlich geschafft, den Weltfrieden einzuläuten. Endlich ziehen alle Nationen am selben Strang.

Wir haben uns heute hier versammelt, um gemeinsam die Vereinbarungen zu unterzeichnen, die es jedem Land verbietet, Waffen herzustellen oder zu nutzen. Wir werden gemeinsam dafür sorgen, dass das neu etablierte Friedensreich funk-

tioniert. Regierungen werden in jedem Land noch weiterhin existieren, selbstverständlich.

Aber die Versammlung, wie sie heute hier zusammengefunden hat, wird die neue Weltregierung bilden. Und unser Vorsitzender, der ehrenwerte Rabbi Moshe Goldberg, der einstimmig von uns gewählt wurde, hat nun das Wort ...“

Präsident Benson wies auf den freundlichen älteren Mann im grauen Anzug, der sich jetzt erhob und gemessenen Schrittes an das Rednerpult trat.

„Sehr geehrte Damen und Herren, ich fühle mich geehrt, dass ich von meinen Regierungskollegen als würdig befunden wurde, dieses wichtige Amt zu bekleiden und zu leiten und werde dies auch nach bestem Wissen und Gewissen tun.

Es ist mir eine ganz besondere Ehre im Hinblick auf die historische Problematik, die mein Volk und mein Land in der Vergangenheit hatten. Daher werde ich mich umso mehr bemühen, Ihnen, Ihnen allen, einen Grund zu geben, stolz auf mich zu sein ...“

Tosender Beifall begleitete seinen Rückweg zu seinem gepolsterten Stuhl.

Abb. 2: Der Pariser Eiffelturm auf einer Fotografie von 1889.

01.03.2103, irgendwo in einem Forschungslabor in Frankreich vor einem Fernsehgerät

„Das glaub ich nicht!", César de Ville schlug mit der geballten Faust auf den Tisch. „Warum müssen die ausgerechnet diesen kleinen Israeli als Vorsitzenden auswählen? Sollen wir später womöglich alle nach der Pfeife eines Juden tanzen, oder was?"

Der Experimentalwissenschaftler war zum Leidwesen einiger Kollegen kein Freund von anderen Religionen neben der christlichen. Ein Fanatiker, würden manche behaupten. Allerdings war er ein brillanter Wissenschaftler und führender Mitarbeiter einer neuen, geheimen Entwicklung, die es ermöglichen sollte, Zeitreisen durchzuführen.

Und für diesen Fachbereich waren seine politischen oder religiösen Einstellungen eigentlich unerheblich. Gebraucht wurde nur sein Fachwissen im wissenschaftlichen Bereich und das war immens. Daher sahen seine Kollegen über seine unpassenden Äußerungen hinweg. Heute waren sie jedoch alle betroffen. Weltregierung, ob das gut gehen konnte? Frieden, ja das war eine feine Sache, aber Weltregierung?

„Ach, kommt schon, Leute", versuchte Ismail Cosar seine Kollegen zu beruhigen. „Es ist doch egal, wen man gewählt hätte, es wäre immer irgendjemand unzufrieden gewesen. Vielleicht wird es ja gar nicht so schlimm? Ich bin auf jeden Fall froh, dass wir einen Fortschritt erzielt haben im Rahmen der Völkerverständigung und des Friedens."

„Ach, halt doch die Klappe", schimpfte César. „Hätte man einen von Euch gewählt, dann wär's vielleicht noch schlimmer geworden ..."

„Was soll das denn heißen – „einen von Euch"? Falls Du irgendetwas von meinem Namen ableiten möchtest, dann weise ich dich darauf hin, dass ich rein zufällig im Besitz eines deutschen Passes bin und außerdem bekennender Atheist. „Einer von uns" wäre also ein bekennender Atheist, oder?"

César antwortete nicht, sondern murmelte nur missmutig vor sich hin. „Nun beruhigt euch wieder", mischte sich jetzt auch Jasbir Singh ein. „Wir sind schließlich nur hier, um an einem Forschungsprojekt zu arbeiten und nicht, um uns direkt nach dem Erreichen des Weltfriedens hier im kleinen

Kreis die Köpfe einzuschlagen. Frieden ist gut. Weltfrieden ist besser. Also könnten wir vielleicht unsere Vesperpause beenden und uns wieder an die Arbeit machen? Die Zeitmaschine bedarf unserer vollen Aufmerksamkeit!"

Die anderen Kollegen, die sich wohlweislich aus der Diskussion herausgehalten hatten, um ihre politischen und religiösen Meinungen nicht preisgeben zu müssen, erhoben sich zustimmend nickend von ihren Plätzen und trugen ihr benutztes Geschirr in die Küchenecke zurück, bevor sie sich wieder in den Hauptbereich des Labors begaben.

„Du hast recht", flüsterte Vladimir Sokolow leise César zu. „Ich bin zwar nicht rassistisch, so wie du, und ich bin auch Christ, aber ich finde, dass keine solch schwache Nation wie Israel für den Weltfrieden verantwortlich sein sollte. Warum nicht jemand Starkes wie Russland?" „... oder China?", ergänzte Bao Li, der sich zu den beiden gesellt hatte, als sie gemeinsam als Letzte den Raum verließen.

Die Ermutigung der Kollegen beruhigte César wieder ein wenig. „Es freut mich, dass es hier noch Leute gibt, die klar denken können. Vielleicht fällt uns ja noch etwas ein, wie wir die neue Situation ein wenig mehr zu unseren Gunsten oder nach unserem Geschmack verändern können ..." Er grinste. „Wir wären ein gutes Triumvirat wir drei. Einen Cäsaren haben wir schon und Du", er zeigte auf den Russen, „du bist unser Falke. Sokolow bedeutet doch „Falke", oder? Und du, Bao, bist der Panther. Perfekt!"

César wartete den Kommentar seiner Kollegen nicht ab, sondern begab sich unauffällig an seine Arbeit. Sie waren zwar schon ein Stückchen weiter gekommen mit der Zeitmaschine, doch es war ihnen noch nicht gelungen, Objekte weiter als einen Tag nach vorn zu senden. Und die kamen dann auch noch beschädigt an. Nicht auszudenken, was mit einem Menschen passieren würde! Aber, so überlegte sich César, vielleicht würde es viel besser funktionieren, die Maschine für eine Reise *zurück* zu nutzen?

Eigentlich bezahlten die Regierungen das gesamte Projekt aus Fördermitteln, um mit dem Gerät rechtzeitig Umweltverschmutzungen, Vulkanausbrüche oder ähnliche Naturkatastrophen aufzuspüren und verhindern zu können. Vielleicht würde es aber auch möglich - oder gar notwendig sein - eine Reise zurück anzutreten, um gewisse unerwünschte

Entwicklungen zu verhindern? Also eigentlich dasselbe Prinzip wie bei dem bezahlten Zweck ... müsste doch erlaubt sein? César grinste vor sich hin.

Es würde vielleicht nicht einfach werden, aber mit der Unterstützung von Kollegen ...? Er war sich ziemlich sicher, dass die beiden anderen mit von der Partie wären. Vorab wollte er aber seine Gedanken erst noch reifen lassen. Hier durfte man nichts überstürzen und nicht auffallen. Vielleicht sollte er sich nach seinem Wutausbruch vorhin zunächst besser eine Weile ruhig verhalten oder sich gar entschuldigen und unauffällig benehmen, bis Gras über die Sache gewachsen war?

06.06.2105 Mitternacht,
in einem Forschungslabor in Frankreich

„Seid ihr sicher, dass euch niemand gesehen hat?", fragte César seine Kollegen, und mittlerweile auch Freunde und Verbündeten, den Falken und den Panther. Sokolow und Li nickten. „Natürlich, wir sind doch keine Anfänger!"

Zwei Tage zuvor hatten sie endlich den Durchbruch geschafft und die Zeitmaschinen zum Laufen gebracht. Es war jetzt möglich, mittels einer kleinen Kapsel durch Zeit und Raum zu reisen – beides musste berücksichtigt werden, damit man nicht in der Vergangenheit oder Zukunft plötzlich auf dem Meeresgrund landete, da sich die Erde ja auch nebenbei dreht, während die Zeit vergeht.

Sie hatten mehrere Kapseln entwickelt, da es sonst nicht möglich wäre, ganze Teams zurückzuschicken. Sicherlich würde man später auch die Entwicklung größerer Geräte in Erwägung ziehen, aber je größer die Kapseln, desto schwieriger waren die unauffälligen Landungen im Zielgebiet bzw. in der Zielzeit. Mithilfe der 5 kleinen Kapseln konnte man immerhin 10 Personen an 5 verschiedene Stellen aussenden. Falls es überhaupt nötig werden würde, so viele Personen zu schicken.

César hatte es durchgesetzt, dass mehrere Kapseln entwickelt wurden, obwohl sicherlich ein oder zwei ausgereicht hätten. Aber er wollte sicher sein, dass für seine eigenen Pläne jeweils mindestens eine Reservekapsel zur Verfügung stand. Notfalls unter dem Vorwand, dass sie defekt war und einigen Tests unterzogen werden musste. Bei der Entwicklung von nur einer Kapsel wäre es nicht möglich, sie dauerhaft für eigene Zwecke zu blockieren.

Heute wollten sie es riskieren. Sie wollten auslosen, wer zurückreiste und wer Schmiere stand. Noch mussten die Vorgänge dringend vom Labor aus gesteuert werden. Es könnte ja sein, dass ein Reisender ohnmächtig wurde und die Geräte an Bord der Kapsel nicht mehr bedienen konnte. Um nicht in Raum und Zeit verloren zu gehen, benötigte man einen Vertrauensmann, der vom Labor aus über Autopilot eingreifen konnte.

Sie hatten beschlossen, Lose zu ziehen. César wollte es nicht zugeben, aber er war selbst ein wenig feige und wollte die Reise nicht unbedingt antreten. Es wäre ihm lieber, wenn das Los auf die beiden anderen fallen würde, denn sie waren zur Not entbehrlich. Er hatte noch weitere Unterstützer gefunden, von denen diese beiden jedoch nichts wussten. Sie sollten denken, dass sie exklusiv an derselben Idee arbeiteten wie er – nämlich eine fähigere Regierung zu etablieren.

Aber César hatte im Lauf der Vorbereitungen Blut geleckt. Warum nicht sich selbst an die Spitze setzen? Seine Bedenken waren aber verständlich – wenn schon einfache Dinge wie die Manipulation einer Wahl oder den Mord an einer einzigen Person nicht funktionieren sollten, wie sollte er es dann schaffen, die Weltherrschaft an sich zu reißen? Also erst mal nur kleine Brote backen ...

„Ich habe hier drei Streichhölzer, jeder zieht eins, wer den Kürzeren zieht, muss hierbleiben", verkündete César seinen Partnern. „Der Klassiker", lachte Vladimir Sokolow und zog beherzt ein Streichholz. Mit Kopf. Er war also dabei.

Glücklich lächelte er. Bao Li zog als Nächster sein Streichholz. Der Zündkopf war ebenfalls noch dran. Auch er war dabei. Es hätte gar nicht besser laufen können, freute sich César, während er nach außen hin bemüht traurig drein blickte.

„Also dann, Freunde, auf in die Kapsel Nummer 3. Wenn ihr nicht unauffällig die Stimmzettel austauschen könnt, dann verabreicht dem Rabbi im Vorbeigehen eine Giftspritze. Er wird nichts spüren. Wir sind ja schließlich keine grausamen Folterknechte und er hat uns auch persönlich nichts getan. Wir versuchen nur, den Weg freizumachen."

„Ich bin nicht ganz glücklich mit der Lösung, dass wir die Zettel für Russland manipulieren müssen", maulte Bao. „Na und, ich bin nicht zufrieden damit, dass wir als Ersatz Chinesen hätten gewinnen lassen sollen", gab Vladimir zurück, der sich natürlich freute, dass die Wahl auf seinen Landsmann gefallen war.

„Freunde, was soll das, wir haben doch gelost. Alles ist besser als dieser Rabbi. Ich bin Franzose. Glaubt ihr nicht, dass ich auch lieber einen Franzosen an der Spitze gehabt hätte, als einen Russen? Aber wir haben fair entschieden und die Sache läuft ab ... " – er blickte auf seine Uhr – „ ... ab jetzt. Bitte geht in die Kapsel, legt die Gurte und Helme an und ab geht die Post!"

Nervös betraten die beiden Reisenden die Kapsel. Sie kannten jedes Gerät darin, jeden Knopf, alles. Denn sie hatten es entwickelt, entworfen und mit gebaut. Die Reise konnte nicht schiefgehen. Aufgrund des integrierten Schutzschildes sollten sie das Gerät auch problemlos unsichtbar parken können.

Falls nicht, würde es von der Reisegeschwindigkeit und Beschleunigung ein wenig vor sich hin dampfen, das wäre schlecht, da zu auffällig, aber sie hatten die Option, mithilfe des Antigravitationsantriebs notfalls auch zu fliegen, anstatt nur die Position in Zeit und Raum zu wechseln. Sie würden einfach aussehen wie ein kleines dampfendes Wölkchen, falls überhaupt jemand nach oben sehen würde ...

Nur, mitten auf der Wiese wäre das natürlich keine Option. Sie mussten ja inmitten der Presse und der Menschenmenge landen. Aber dank der alten Aufzeichnungen und Fernsehübertragungen wussten sie von jeder Person, die an jenem historischen Tag dabei war, ganz genau, wo sie sich zu jedem Zeitpunkt befinden würde. Es konnte also nichts schiefgehen!

Testweise waren alle drei bereits gestern Nacht einen Tag und eine Woche nach vorn und zurückgereist, um sich mit dem speziellen Jetlag vertraut zu machen. Sie hätten wohl noch mehr Übungsläufe machen sollen, doch bei der ständigen Gefahr, entdeckt zu werden, wollten sie es lieber nicht riskieren. Es musste auch so funktionieren.

César prüfte hektisch alle Knöpfe und Schalter seines Leuchtpultes. Es sah alles gut aus. So wie es sein sollte. Jetzt kam es nur darauf an, dass seinen Kollegen kein Fehler unterlief. Die Kapsel schloss sich und nach einem kurzen Countdown und einem leisen Knall verschwand die Kapsel direkt vor seinen Augen in die Vergangenheit.

Er beobachtete die Geräte und kontrollierte die angezeigten Werte. Eine zweite Uhr zeigte jeweils an, welche Zeit es gerade am Zielpunkt war, so konnte man den Ablauf für die Reisenden besser einschätzen. Sie hatten beratschlagt, ob sie die Kapsel so programmieren sollten, dass sie in derselben Sekunde zurückkehrte, in der sie gestartet war, aber sie waren sich nicht sicher, ob die Uhren, wenn sie nicht exakt arbeiteten, eine Art kosmischen Kurzschluss verursachen würden, bei dem die Kapsel nicht wusste, wo sie hinsollte.

Also hatten sie sich auf eine Sicherheitsfrist von 10 Minuten geeinigt. Für César würden lediglich 10 Minuten vergehen, während die beiden anderen mindestens ein Zeitfenster von 2 Stunden haben sollten. Das war mehr als ausreichend für den Plan von der Landung bis zur Manipulation der

Wahlurne. Zudem konnten sie notfalls die Zeit in der Kapsel manuell anders einstellen ...

Césars Nervosität steigerte sich ins Grenzenlose. Er hätte gerne parallel in seinem Computer nachgeschaut, ob sich die Archivaufnahmen der Pressekonferenz von 2103 bereits verändert hatten und der Präsident einen anderen Vorsitzenden auf die Bühne bat. Aber das war zu gefährlich. Er durfte nicht abgelenkt werden. Es war notwendig, dass er die Funktion der Geräte konzentriert überwachte. In wenigen Minuten würde er alles erfahren ...

Es dauerte gefühlt mindestens eine Stunde, bis die Kapsel mit einem leisen Plopp und einem Zischen wieder an ihrem Platz in der Verankerung stand und die Tür aufging. Die Kapsel dampfte wie Trockeneis oder ein Nebelwerfer in einer Diskothek. Das Kühlsystem hatte sich angeschaltet.

César rannte den Kollegen entgegen, die Sekunden nach der Landung der Kapsel entstiegen, doch als sie den Sauerstoffhelm abnahmen, sah er bereits an ihren betretenen Gesichtern, dass es nicht funktioniert hatte. „Was ist schief gegangen?", fragte er beinahe hysterisch. So viel Vorbereitung, so viel Planung. Für nichts?

„Nun", sagte Bao, der sich als Erster im Griff hatte. „Es war eigentlich alles so, wie wir es geplant hatten. Aber wir haben nicht an den Sicherheitscheck gedacht. Damals waren andere Implantate üblich als heute und die Security ließ niemanden durch, dessen Signal nicht freigegeben war. Wir können von Glück sagen, dass die uns nicht direkt in den Knast gesteckt haben. Stattdessen haben sie uns einfach nur barsch weggewunken.

César würde sich die Haare raufen, wenn er noch welche hätte. Stattdessen ließ er eine Reihe wüster Flüche und Verwünschungen vom Stapel. „So ein Mist. Die Implantate haben wir nicht berücksichtigt. Wir könnten alte aus dem Archiv holen und euch sofort wieder losschicken ...", überlegte er laut.

„Das ist keine gute Idee", warf Sokolow ein. „Dann würden sie die frischen Narben sehen und Fragen stellen." „Wir könnten ein paar Wochen zurückreisen, uns dort operieren und dann wieder herkommen. Dann müsste alles verheilt sein", schlug Bao Li vor. „Das ist doch Blödsinn, wie erklärst du dann bei UNSEREN Kontrollen, dass du einen alten Archivchip trägst, den einer fremden Person noch dazu, statt eines aktuellen? Das kannst du vergessen!"

César ging wütend auf und ab. „So ein Mist, so ein verdammter Mist!", schimpfte er immer wieder. „Bleibt noch Mord", stellte er dann fest. „Dafür brauchen wir keinen Chip. Wir wissen ja, wer gewählt wird. Also müssen wir den Rabbi einfach ein paar Tage vor der Wahl eliminieren ..."

„Das wäre möglich", meinte Sokolow. „Aber wir haben keine Aufzeichnungen, wo genau er sich wann aufhält. Wir müssten jetzt immer wieder auf gut Glück in die Vergangenheit reisen, um ihn dann, wenn wir ihn mal zufällig alleine treffen, auszuschalten." Bao starrte ihn irritiert an.

„Das müssen wir gar nicht. Es gibt doch Hinweise in den Archiven und Chroniken, wann er wo aufgetreten ist, zu Reden zum Beispiel. Danach können wir uns richten." César legte den Kopf schräg. „Ja, das stimmt schon, aber ich fürchte, so genau können wir dann den Tagesablauf nicht rekonstruieren und wir können nicht ganz sicher sein, wo wir ihn am besten erwischen werden. Wir müssen es wirklich einige Male versuchen ...“

Bao seufzte. „Na gut, dann haben wir jetzt eine Menge Recherchearbeit vor uns. Sobald wir den bestmöglichen Zeitpunkt gefunden haben, können wir es wieder probieren!“

Abb. 3: Das Büro des Regionalverbandes Menashe, Israel

12.09.2105 in einer geheimen Regierungseinrichtung in Israel

„Yonatan, schau dir mal diese Werte hier an. Das ist doch nicht normal, oder?“ Daniel, oder Agent 788, rückte seine Brille zurecht und prüfte die Werte erneut. Der Angesprochene stand von seinem Tisch auf und trat neben Daniels Computer.

„Tatsächlich sieht es so aus, als ob hier über der Bretagne immer wieder Wurmlöcher geöffnet werden würden. Aber das ist doch nicht möglich! Haben wir dort irgendwelche Anomalien oder andere Dinge, die wir früher schon mal gemessen haben?“ Yonatan kratzte sich am Hinterkopf, was ein schabendes Geräusch auf seinen kurzen, borstigen Haaren erzeugte.

Daniel tippte rasch einen Zahlencode in den Computer und lehnte sich dann zurück, bis das Gerät eine Übersicht ausspuckte. „Nein, hier sind noch nie absonderliche Werte gemeldet worden. Erst seit ungefähr 3 Monaten wird mehrmals täglich eine große Energiemenge gemessen, die der Computer als Wurmloch identifiziert.“

Yonatan überlegte kurz und ging dann an seinen Schreibtisch zurück. Schnell suchte er einen bestimmten virtuellen Aktenordner. „Ich habe hier was, das könnte dazu passen!", verkündete er und jetzt war es Daniel, der aufstand und sich zu seinem Kollegen gesellte.

„Ein übergreifendes Regierungsprojekt zur Erforschung von Zeitreisen wurde in einem stillgelegten Bunker irgendwo in einem Geheimlabor in der Bretagne gestartet. Ohne nennenswerte Ergebnisse allerdings. Die haben versucht, eine Zeitreisekapsel zu entwerfen, um damit in die Zukunft zu reisen und künftige Naturkatastrophen zu verhindern oder Menschen rechtzeitig zu evakuieren."

Daniel zuckte mit den Achseln „Naja, das erscheint mir unspektakulär. Also nichts, worüber wir uns Gedanken machen sollten. Außerdem sind unsere eigenen Wissenschaftler auch schon dabei, die Ergebnisse auszuwerten. Schließlich sollte jedes Land über eigene Kapseln verfügen, um eigene Katastrophen überwachen zu können.

Ich weiß allerdings nicht genau, wie da der aktuelle Stand ist. Naturkatastrophen sind ja nicht wirklich unser Fachgebiet. Aber hier irgendwo am Rand der Wüste gibt es doch auch ein unterirdisches Labor, über dem wir ähnliche Werte gemessen haben. Nur nicht in der Häufigkeit wie in Frankreich. Die werden doch nicht mehrmals täglich eine Kapsel losschicken, oder?"

„Hm, kommt mir auch komisch vor. Wir könnten uns die Sache ja mal unauffällig ansehen. Haben wir einen Agenten vor Ort?"

Abb. 4: Saint Louis Bridge, Paris
(Auguste Hippolyte Collard, 1883)

in einem Forschungslabor in Frankreich

„Ich hätte nicht gedacht, dass es so schwierig werden könnte", schimpfte César vor sich hin.

Das „Triumvirat" hatte sich in der Kantine des Labors zur Beratung getroffen. Immer wieder blickte sich einer von ihnen unauffällig um, wenn sich ein Kollege näherte. Man wollte schließlich nicht, dass jemand Wind von der Sache bekam. Obwohl César ja wusste, dass er noch zwei weitere Kollegen eingeweiht hatte. Das passte ihm in seine eigenen Pläne. Die anderen mussten ja nichts davon mitbekommen.

„Es ist irgendwie traurig, dass wir es trotz der Zeitreise nicht schaffen, diesen blöden Rabbi auszuknipsen", sinnierte Bao.

„Es ist wie verhext. Und immer müssen wir noch darauf achten, dass wir keine anderen Dinge verändern. Wir sind zwar potenzielle Mörder, aber nicht bescheuert. Jedes unvorsichtige Vorgehen könnte unerwünschte Folgen für unser jetziges Leben haben. Versehentlich noch einen Verwandten zu töten oder einen unserer ehemaligen Lehrer oder irgendetwas von dem zu verhindern, was für unser eigenes Leben wichtig ist, das ist ganz schön schwierig.

Mittlerweile hab ich ein Gefühl dafür bekommen, wie fein verzahnt manche Ereignisse sind. Es wäre nicht auszudenken, welche Katastrophen wir hervorrufen würden, wenn wir wie die Axt im Walde in der Vergangenheit herumpfuschen würden. Wir könnten dann ja nur in eine parallele Zukunft zurückkehren und würden uns in unserem bisherigen Leben womöglich nicht mehr zurechtfinden." Energisch rührte der kleine Asiate in seinem Tee, bis er über den Rand der Tasse schwappte.

„Ich bin genau Deiner Meinung", bekräftigte der Russe seinen Freund. „Wir brauchen eine andere Idee, eine, die uns selbst nicht so sehr schaden kann." Mit verschränkten Armen starrte er auf die Reste seines Käsebrötchens.

César überlegte schon seit Tagen fieberhaft, ob er seine neue Idee vortragen konnte, ohne dass die anderen ihn verspotten würden. Jetzt beschloss er, es einfach zu versuchen. „Wie wäre es, wenn wir noch viel, viel weiter zurückreisen würden und einfach das komplette israelisch-jüdische Volk ausrotten würden, bzw. dafür sorgen würden, dass es gar nicht erst entsteht?", warf er beiläufig in die Runde.

Die beiden Freunde starrten ihn entsetzt an. „Völkermord?", fragte der Chinese. „Das kommt nicht infrage. Ich bin immer noch Wissenschaftler und ich kann mich nur schwer daran gewöhnen, überhaupt einen Menschen zu töten. Wahlbetrug, ja, das wäre was anderes gewesen. Mord ist schon ziemlich scheiße. Aber ein ganzes Volk auslöschen? Auf keinen Fall!" Wütend stellte Bao die Teetasse, aus der er gerade hatte trinken wollen, wieder auf den Tisch zurück.

„Nein, nein", César versuchte, seinen Freund zu beschwichtigen und auch den Russen gleich mit zu beruhigen, der ebenfalls Anstalten machte, den Vorschlag lautstark abzulehnen. Er hatte bereits tief Luft geholt und den Mund weit aufgerissen.

„Nein, kein Völkermord, beruhigt euch. Und seid weniger auffällig!" Vorsichtig blickte er sich um, ob sie bereits Aufmerksamkeit erregt hatten. Einige Kollegen hatten kurz aufgesehen, aber als nichts weiter geschehen war, hatten sie sich wieder um ihre eigenen Belange gekümmert.

„Leute, ihr kennt euch vielleicht nicht so gut mit den Alten Schriften aus, aber wenn wir so weit zurückreisen würden, bis wir den Stammvater der Juden oder eine Person davor oder danach auslöschen würden – EINE – wohlgemerkt, dann hätten wir doch die komplette Linie verhindert. Wir müssen nicht Tausende von Menschen töten. So blutgeil bin ich selbst auch nicht. Aber wir opfern ein einziges Leben für einen höheren Zweck und eine bessere Absicherung des Weltfriedens. Nur ein Leben, Freunde, ein einziges!" Beschwörend sah er von einem zum anderen.

Vladimir hatte sich wieder zurückgelehnt. „Ich bin nicht sehr bibelfest", gab er dann zu. „Aber ein einziges Leben klingt tragbar. Auch nichts anderes, als wenn wir jetzt den Rabbi getötet hätten. Und an wen hast du dabei gedacht?"

César seufzte erleichtert auf. Zum Glück hatte er zumindest den Russen auf seiner Seite. Dem Chinesen mit seinen konfuzianischen Philosophien war das Alte Testament sicher nicht geläufig, aber er würde sich von Vladimir mitreißen lassen.

„Nun, ich kenne mich auch nicht sooooo gut damit aus, aber ich dachte, wir fangen irgendwo bei Abraham mal an. Der zeugte doch Isaak und der zeugte Jakob und das war dann der Stammvater. Also einen von denen sollten wir wohl erwischen können ...“

„Klingt gut“, sagte Bao nach einer kurzen Pause, in der sie alle geschwiegen hatten. „Und warum fangen wir nicht bei Adam und Eva an?“ „Soll das ein Witz sein?“, fragte César belustigt. Er konnte sich nicht vorstellen, dass der Chinese diesen Satz ernst meinte. „Wenn wir Adam und Eva töten, dann wird es uns alle nicht geben!“ Bao zuckte grinsend die Schultern. „Naja, ich glaube nicht an diese Geschichte. Aber wenn der christliche Gott so mächtig ist, könnte er ja neue Adams und Evas machen, oder?“

César rollte mit den Augen. „Auf so einen Schwachsinn gehe ich nicht ein“, sagte er, klang aber nicht übertrieben wütend. Er wusste ja, dass der Chinese ihn auch nur aufziehen wollte.

„Tja, dann wären wir uns ja einig, Freunde“, warf Vladimir ein. „Wir sollten uns jetzt alle eine Bibel suchen und mal nachschauen, wann sich einer von diesen Typen wo aufgehalten hat, damit wir zuschlagen können. Und dann lasst uns mal hoffen, dass Gott uns dabei nicht in die Quere kommt ...“

„Eine interessante Idee“, antwortete César. „Wenn Gott damals wirklich ständig auf Erden war oder mit diesen Menschen gesprochen hat, werden wir sogar dem Schöpfer persönlich begegnen. Wäre das nicht total spannend?“ Bao warf ihm einen ernsten Blick zu.

„Alter, du bist total krank. Wenn wir so eine Nummer abziehen und dabei auch noch auf Gott treffen, dann wird das gar nicht spannend werden. Ich glaube nämlich nicht, dass er es zulassen wird, dass wir einen seiner Kumpels töten. Eher wird er uns beseitigen, oder nicht?“

Nachdem Bao seine Bedenken geäußert hatte, war die Stimmung gleich dahin. Richtig. Es wäre zwar sehr wohl interessant, eine persönliche Begegnung mit Gott zu haben, aber dass der nicht einfach tatenlos zusehen würde, wie die Freunde Abraham oder Isaak oder Jakob beseitigten, war wohl auch ziemlich einleuchtend ...

„Abraham und Isaak", murmelte César vor sich hin. „Abraham und Isaak, da war doch was ..." Dann hellte sich sein Gesicht auf. „Leute, ich glaube, dass Gott womöglich doch nichts dagegen hat, wenn wir Isaak töten, wir müssten dafür vielleicht nur zur richtigen Zeit am richtigen Ort sein, dann müssen wir nicht mal selbst Hand anlegen!"

César lachte über die verwunderten Blicke seiner Freunde. „Macht euch keine Gedanken, mir ist da nur eine Stelle in der Bibel eingefallen, die uns in dieser Angelegenheit wunderbar weiterhelfen könnte. Lasst uns mal losziehen und zusehen, dass jeder von uns ein Exemplar der Heiligen Schrift irgendwo auftreiben kann ..."

Mit diesen Worten erhob er sich und brachte sein Frühstücksgeschirr zur Geschirrannahme der Kantine zurück. Seine Kollegen taten es ihm nach, waren aber ein wenig verwirrt. Worauf wollte César hinaus. Aber er musste wohl eine hervorragende Idee gehabt haben, wenn er sich sogar mit Gott persönlich anlegen wollte ...

Am Nebentisch stoppte David seinen geheimen Mitschnitt des Gesprächs und übermittelte die Daten an den israelischen Geheimdienst. Seit César ihn nichts ahnend in seine Pläne eingeweiht hatte – als Ersatzspieler – war er bemüht gewesen, mehr herauszufinden. Und auf Anfrage seiner Kollegen konnte er zumindest rudimentäre Informationen weiterleiten. Aber so wie es schien, begann jetzt die heiße Phase.

Die Ereignisse der Heiligen Schrift zu verändern und ein ganzes Volk auszulöschen, das war harter Tobak. Das hatte mit der Fälschung eines Wahlergebnisses schon nichts mehr zu tun. Wobei – sogar für eine solche Aktion und die nachfolgenden war das Komikertrio ja seiner Meinung nach nicht intelligent genug gewesen. Er hatte erheitert zur Kenntnis genommen, dass kein einziger Versuch erfolgreich verlaufen war. Leider war er zu spät informiert worden, um einzugreifen und hatte erst hinterher davon erfahren. Danach war Pause gewesen.

César hatte ihm lediglich mitgeteilt, dass er an einem neuen Plan arbeitete und ihn zunächst pro forma mit seinen beiden Busenfreunden besprechen würde. Wenn die aber kneifen wollten, müsse er, also David, mit ins Boot. Und noch ein oder zwei andere. David hatte aber noch nicht herausgefunden, wer diese anderen waren.

Nun, die bisherigen Informationen würden wohl ausreichen, um seine Kollegen in Israel vorzuwarnen. Sie standen vor den letzten Optimierungen der dort verfügbaren Zeitreisekapseln und würden dem Trio infernale in die Vergangenheit nachreisen können, um deren Pläne zu vereiteln. Falls Gott das nicht selbst in die Hand nehmen würde. Und daran gab es eigentlich keinen Zweifel. Eine Begegnung mit Gott ... Ein faszinierender Gedanke!

Um nicht aufzufallen, musste David auch seine Zelte in der Kantine abbrechen. Er würde Aufmerksamkeit erregen, wenn man ihn nach Ende der offiziellen Pause noch alleine vor einem leeren Teller sehen würde. Rasch versteckte er seine Spionageanlage in der Hosentasche und brachte zusammen mit den letzten Besuchern der Kantine das leere Geschirr zurück. Dann ging er an die Arbeit und wartete auf weitere Anweisungen aus Israel.

Abb. 5: Azrieli Center, Tel Aviv, Israel (Szmirnova Ksenia)

01.10.2105 in einer geheimen Regierungseinrichtung in Israel

„Das glaub ich einfach nicht", schrie Yonatan so laut und so plötzlich, dass Daniel beinahe vor Schreck seinen Telefonhörer hinter sich geworfen hätte.

„Du meine Güte, was ist denn passiert?", fragte er aufgeregt. „Ich habe gerade die neuen Infos von Agent 655 aus Frankreich erhalten. Dieser César und seine Freunde wollen dem Heiligen Land einen Besuch abstatten und verhindern, dass es unser Volk geben wird. Sie legen sich dazu sogar mit Gott persönlich an.“

„Du willst mich verarschen“, rief Daniel entsetzt. „Nein, das ist kein Scherz. David hat mir die Infos gerade als Datei gesendet. Er hat das Gespräch aufgezeichnet. Komm her und hör’s dir mal an.“

Yonatan spielte die Aufnahmen, die er gerade über Kopfhörer angehört und etwas rauscharmer gemacht hatte, noch mal vor seinem Kollegen ab. Als er fertig war, war Daniel bleich und ziemlich ruhig. „Ich weiß nicht, ob ich beeindruckt oder schockiert sein soll. Die Idee, Gott zu sehen, ist wirklich faszinierend. Aber die Idee, sich mit ihm anzulegen, um vor seinen Augen Isaak zu töten – das ist doch der pure Wahnsinn!“

Ein Piepen unterbrach das Gespräch und Yonatan prüfte kurz die neu eingegangene Eilmeldung vom Hauptquartier, denen er die Datei ebenfalls sofort weitergeleitet hatte. Vermutlich hatten die Obersten gleichzeitig mit Daniel und ihm auch die Aufzeichnung angehört.

Yonatan nickte Daniel zu, während er die Nachricht las und grinste. „Stimmt, das ist Wahnsinn!"

Er drehte sich zu seinem Kollegen um. „Aber nun rate mal, welche beiden Agenten mit der israelischen Zeitreisekapsel ebenfalls durch die Zeit reisen dürfen, um diese Spinner aufzuhalten?" Er grinste vergnügt.

„Oh, mein Gott!" entfuhr es Daniel ...

Abb. 6: Erosionskrater Machtesch Ramon im Negev
(Antoine Taveneux)

15.10.2015 bzw. irgendwann in biblischer Zeit in der Wüste

„Ich mach mir gleich in die Hosen", beschwerte sich Vladimir bei César. Diesesmal hatte es kein Losverfahren gebraucht, um herauszufinden, wer die Reise antreten sollte. Bao Li war nicht an der christlich-biblischen Vergangenheit interessiert und hatte keinen Wert darauf gelegt, sich mit einem unbekannten Gott anzulegen, dessen Existenz er zwar ohnehin bezweifelte, aber den er auch nicht unbedingt kennenlernen wollte.

Also hatten sie sich entschieden, dass Vladimir und César die Reise antreten durften. Es hatte mehrerer Besuche und Versuche bedurft, um herauszufinden, wann und wo Abraham und Isaak ein Brandopfer darbringen wollten. Und dann war noch fraglich, wie genau die Aussagen der Überlieferungen überhaupt stimmten. Die wichtigste Frage jedoch war, was Gott von all dem halten würde ...

Sie saßen im Unsichtbarkeitsmodus in der Kapsel und hofften, weder von Abraham noch von Gott gesehen zu werden und wollten im rechten Augenblick einschreiten, um

Abraham helfen, das Messer zu führen. Soweit sie recherchiert hatten, würde Gott Abraham auffordern, seinen Sohn zu opfern und ihn dann aber wieder stoppen. Nun, man musste also nur dafür sorgen, dass Abraham auch wirklich zustieß, dann war die Sache bereits erledigt. Und wenn sie Glück hatten, ohne sich die Hände schmutzig zu machen.

Sie hatten mit dem Feldstecher schon beobachtet, dass Abraham und Isaak unterwegs waren, um Holz zu sammeln und zu stapeln. Doch sie hatten auch bemerkt, dass sie einen Schafbock dabei hatten. Seltsam. Sollte nicht Isaak das Opfer sein? Aber dann müsste sich ja demnächst Gott einschalten, oder nicht?

Extrem nervös beobachteten sie die Szene. Es war außerordentlich heiß und die beiden Männer, die dabei waren, das Brandopfer vorzubereiten, schwitzten um die Wette. Die Wüste flirrte. „Ich wundere mich, dass die beiden nicht schon vor Erschöpfung umgefallen sind!", flüsterte Vladimir. „Du brauchst nicht zu flüstern", flüsterte César zurück. „Sie können uns durch die Kapsel nicht hören."

Die Männer waren nun schon beinahe bereit, das verängstigte Schaf zu opfern und noch immer machte Abraham keine Anstalten, Isaak festzubinden.

„Das glaub ich einfach nicht!", rief César.

„Irgendwas ist faul an der Sache. Wo ist denn nun Gott? Oder hatte Abraham womöglich eine Halluzination? Wir müssen uns beeilen, dass wir zurückkommen. Wir haben nicht damit gerechnet, stundenlang hier in der Hitze in der Kapsel zu sitzen. Unsere Kühlgeräte werden demnächst ausfallen und die Geräte überhitzen. Wir müssen uns etwas einfallen lassen." Er hatte den Satz kaum zu Ende gesprochen, als eine Kontrollleuchte wild aufblinkte.

„Ok, wir machen jetzt kurzen Prozess", fluchte César, der alle Fälle davonschwimmen sah.

„Offensichtlich ist irgendetwas mit der Überlieferung nicht korrekt und wir werden hier in der Zeit stecken bleiben, wenn wir nicht sofort etwas unternehmen."

Rasch tippte er einen Code in die Konsole ein und hob den Unsichtbarkeitsmodus auf. Dann aktivierte er die

Außenkühlung, die sich dampfend in Aktion setzte, um die Hülle der Kapsel schnell zu kühlen.

Die Kapsel saß wie eine kleine dampfende Wolke in der Wüste fest. Erschrocken blickten sich Vater und Sohn nach der seltsamen Erscheinung um. Bevor die Beiden jedoch wegrennen konnten, improvisierte César und schrie durch den Außenlautsprecher:

„Abraham, ich bin der Herr, dein Gott. Wage es nicht, vor mir wegzulaufen!"

Abraham und Isaak blieben wie vom Donner gerührt stehen und starrten auf die Erscheinung.

„Und was jetzt?", flüsterte César. „Gib mir mal die Bibel, damit ich einigermaßen weiß, was Gott gesagt hätte, wenn er jetzt hier wäre."

Vladimir soufflierte, so gut er konnte und César ging in seiner Rolle als Gott auf. Allerdings war es ihm unangenehm, den armen Mann zu zwingen, seinen Sohn zu packen und auf den Scheiterhaufen zu binden. Beide weinten und flehten Gott an, ihnen dies nicht anzutun. Das entsprach nicht der Bibelstelle und beinahe hätte César auch aufgegeben.

Abb. 7: Rembrandt: „Der Engel verhindert
die Opferung Isaaks" (1635)

Doch er war jetzt so weit gekommen, er wollte es zu Ende bringen. Er befahl Abraham, seinen Sohn mit einem Stich ins Herz zu töten, weil er hoffte, dass der arme Kerl dann nicht weiter leiden musste, aber zuerst sollte das Holz entzündet werden.

Mit ein wenig Glück würde der Junge dann schnell ohnmächtig werden und nicht mehr viel davon mitbekommen. Ob die Reihenfolge oder die Wortwahl der Bibel entsprach, interessierte César im Moment nicht.

Er war schockiert und enttäuscht, dass weit und breit kein Gott zu sehen war, und hatte das Gefühl, dass die Szene möglicherweise im Nachhinein von Abraham stolz weitererzählt worden war, damit er seine Loyalität Gott gegenüber hatte unter Beweis stellen können. Gott selbst hätte möglicherweise niemals ein solches Opfer gefordert ...

Dies alles wurde César klar, während er dem armen alten Mann einen Mord befahl. Er bekam plötzlich selbst Zweifel an seiner eigenen Idee. Doch jetzt war es zu spät.

„Ich kann das nicht mit ansehen", flüsterte er Vladimir zu. „Lass uns schnell verschwinden!"

Er rief Abraham noch eine Drohung zu, die er frei zusammenfantasierte, für den Fall, dass der alte Mann seinen Sohn nicht töten würde, und drückte dann schnell den Startknopf für die Rückreise. Geschafft. Aber er fühlte sich hundeelend.

Als die Kapsel mit einem lauten Knall verschwunden war, haderte Abraham noch mit sich selbst. Er konnte freilich nicht gegen Gott aufbegehren, aber er konnte doch nicht seinen Sohn töten! Dicke Tränen rollten ihm über die Wange, als er mit dem Schlachtermesser ausholte ...

„Halt, Abraham! Ich befehle Dir, Deinen Sohn nicht zu töten. Ich habe gesehen, dass Du mich ihm vorziehen würdest und Du hast meinen Test bestanden. Ich bin stolz auf Dich Abraham. Nun binde ihn los und opfere mir den Schafbock, den du mir zu Ehren mitgebracht hast!“

Schluchzend vor Freude lies Abraham das Messer fallen und fiel auf die Knie. Dann befreite er rasch seinen erleichterten Sohn und opferte, wenn auch recht zittrig, die verlangte Opfergabe. Dieses Erlebnis würde er nie wieder vergessen. Aber er hatte es ja tief im Herzen gewusst. Der Herr, sein Gott, würde nie und nimmer ein solch grausames Opfer von ihm fordern. Es war nur ein Test gewesen, nur ein Test.

„Das glaub ich einfach nicht", rief Yonatan in der zweiten Zeitkapsel aus, die unbemerkt ein Stück weiter weg vom Ort des Geschehens geparkt hatte. „Diese beiden Trottel haben tatsächlich Gott vorgegriffen und dem armen Mann befohlen, den eigenen Sohn zu töten. Den eigenen Sohn!!!"

Daniel saß bleich auf seinem Stuhl und konnte noch keine Worte für das gerade Erlebte finden. Er war zutiefst erschüttert. Immerhin hatte sich nicht seine bedrückendste Befürchtung bewahrheitet und Gott war dazwischengegangen.

Aber hätte er nicht wenigstens das Schlimmste verhindern müssen? Laut der Bibel zumindest. Aber die Geschichte war wohl vermutlich eine Erfindung Abrahams gewesen ... Er brauchte mehr Zeit, sich zu fassen, als Yonatan, der bereits die Rückreise einleitete. Als sie sicher im Labor wieder aufsetzten, erklärte Daniel ihm seine Gedankengänge.

„Daniel, ich schockiere dich ja nur ungern, aber gerade ist mir etwas Wichtiges klar geworden. Egal, wie die Geschichte sich damals tatsächlich abgespielt hat. Heute haben WIR sie nachgespielt. Keine Ahnung, wo Gott war und warum er nicht da war, aber heute waren WIR Gott. WIR waren ER. Wir haben seine Rolle übernommen und haben Isaak das Leben gerettet. Ich kann es mir nicht anders erklären ...“

Daniel war immer noch bleich und merkwürdig ruhig. Die Szene hatte ihn zutiefst aufgewühlt.

„Yonatan“, sagte er, „ich bin ja kein Prophet, aber mir kam gerade ein schlimmer Gedanke. Wenn die merken, dass die es nicht geschafft haben, werden sie wieder zurückkehren und wir auch.

Wir werden die anderen durch die Zeit hetzen, um ihre Pläne zu verhindern. Wir werden ständig eingreifen müssen. Und wenn die beiden Narren sich anhand der Bibelstellen durch die Vergangenheit tasten, wird es vermutlich öfter so geschehen wie heute ...“

„Na und?“, fragte Yonatan. „Was ist schon dabei? Die Geschichte war offensichtlich erfunden, daher ist Gott nicht aufgetaucht. Das ist alles.“

„Du verstehst mich nicht", wiederholte David. „Ich befürchte, dass es den Gott aus der Bibel nicht gibt ... wenn dieses Spielchen hier weitergeht, dann werden WIR immer Gott spielen müssen, um die anderen aufzuhalten. Oder SIE spielen Gott, um die Menschen zu quälen ... Die Überlieferungen, die Texte der Heiligen Schrift ... daran könnten letztendlich WIR schuld sein ..."

„Ach, du übertreibst doch. Die waren halt damals nicht so genau mit ihren Geschichten!" Yonatan wiegelte ab. Aber Daniel blieb bei seiner Meinung.

„Ich weiß, dass es nur eine Vermutung ist, basierend auf meiner Angst, schon klar. Aber die merken doch in wenigen Sekunden, dass sich überhaupt nichts geändert hat. Und die werden sich vermutlich fragen, ob der „echte" Gott noch aufgetaucht ist und Abraham gebremst hat. Wir zwei wissen natürlich, wer es in Wirklichkeit war. Aber die werden sich nicht davon abhalten lassen, es noch mal zu versuchen. Und immer so weiter. Und weißt du auch, wohin das führen wird?"

Daniel machte eine kurze Pause, um Yonatan die Gelegenheit zu geben, einen Gedanken zu äußern. Doch Yonatan schwieg.

„Es wird darauf hinauslaufen, dass wir die biblische Geschichte wiederholen müssen. Überall, wo sie ansetzen, um die Juden auszumerzen, müssen wir schneller sein und sie aufhalten und dafür sorgen, dass sich alles genau so abspielt, damit der normale Zeitfluss nicht unterbrochen wird!"

Yonatan überlegte. „Aber das kann doch nicht sein. Wir – oder sie würden irgendwann doch auf Gott treffen und mit dem möchte ich mich nicht anlegen!"

Daniel legte den Kopf schief. „Also ich will nicht behaupten, dass Gott nicht existiert, aber ich befürchte, dass ER es nicht war, der in diesen Texten verewigt wurde ... Das sagt mir mein Bauchgefühl."

Abb. 8: Fassade von Notre-Dame, Paris (Greudin)

15.10.2105 in einem Forschungslabor in Frankreich

Als die Kapsel wieder in ihrer Verankerung im Labor landete, war César erleichtert. Froh, die Mission erledigt zu haben. Der Gedanke an den Vater, der seinen Sohn tötete, anstatt von Gott gerettet zu werden, würde ihn sicher noch lange im Traum verfolgen. Aber sie hatten es so vereinbart.

Ein Menschenleben zum Wohle der Sache. Und nun war es sogar so gut gelaufen, dass sie nicht einmal selbst Hand hatten anlegen müssen, sondern einfach der Geschichte freien Lauf hatten lassen können. Sehr praktisch, für alle. Vladimir ließ sich ebenfalls keine Gefühlsregung anmerken. Aber er war stiller als sonst und César war sicher, dass auch der Falke noch eine Weile an dem Erlebnis zu knabbern haben würde.

„Wie ist es gelaufen?", fragte Bao seine Freunde, während er die Geräte abstellte und langsam die Maschine herunterfuhr. „Hat es funktioniert?" César nickte knapp und brachte ihn mit wenigen Worten auf den aktuellen Stand. „Nun, dann schauen wir doch mal, was der Computer sagt, wenn wir nach den Juden und nach Israel suchen ..."

Bao tippte einige Tasten und sein Blick wurde starr, bevor er sich zu seinen Freunden umwandte. „Es hat sich nichts verändert. Gar nichts!", verkündete er und wendete sich sofort wieder seinem Computer zu, um eine aktuelle Ausgabe der Bibel zu suchen und das Ereignis nachzulesen. Seine Augen wanderten über den Text, während César und Vladimir sich noch verständnislos anstarrten und dann neben Bao an den PC traten. „Das kann doch nicht sein!", rief César fassungslos.

„Wir haben Sekunden vor dem Start noch gesehen, dass Abraham seinen Sohn töten wollte. Weit und breit war niemand, der ihn davon hätte abhalten können!" César beugte sich über den Text, auf den Bao jetzt mit dem Finger zeigte.

„Nun, hier steht jedenfalls immer noch, dass Gott ihn gerettet hat!", bestätigte Bao. „Ihr müsstet ihn aber dann eigentlich gesehen haben. Er muss quasi sofort eingegriffen haben, als ihr gestartet seid. Wo war er denn? Wie hat er ausgesehen?" César suchte Blickkontakt zu Vladimir.

„Aber da war niemand. Oder hast Du etwas gesehen? Das ist völlig unmöglich!" Vladimir zuckte mit den Schultern. „Ich habe auch nichts gesehen. Niemanden, der nahe genug da war, um Abraham von seiner Tat abzuhalten. In dem Fall wird es wohl doch Gott gewesen sein ..."

Die Freunde schauten sich mit gemischten Gefühlen an. Es war auch schwer in Worte zu fassen, was ihnen durch den Kopf ging. Besonders Bao, der einen christlichen Gott weder kannte noch anbetete, war hin- und hergerissen, was er von der Sache zu halten hatte. Ob Gott wohl doch anwesend gewesen war? Unsichtbar?

„Aber da kann etwas nicht stimmen!", beharrte César. „Laut der Bibel hätte Gott selbst ja Abraham aufgefordert, ein Opfer zu bringen und ihn dann wieder davon abgehalten. Aber da war kein Gott. Wir waren dort. Abraham hatte nicht vor, seinen Sohn zu opfern. Sie hatten einen kleinen Schafbock oder einen Widder oder so etwas dabei, was sie ihm als Opfer bringen wollten.

Und nicht Gott war es, der ihm das Opfer vorgeschlagen – oder aufgezwungen hatte – sondern ICH war es. Über den

Außenlautsprecher. Also wenn ICH in dem Fall GOTT war –
wer war dann der andere Gott, der ihn wieder abgehalten
hat?

Werden wir wohl noch mal zurückkehren, und ihn persönlich abhalten? Aus einem schlechten Gewissen heraus?
Sodass wir uns jetzt auf den Weg machen und in die Szene,
die wir geschaffen haben, eingreifen? Jetzt oder irgendwann
später?“

„Das ergibt aber doch keinen Sinn“, sagte Vladimir bestimmt. Der Mann ist ja bereits gerettet. Warum sollten wir
irgendwann zurückkehren, um einen bereits Geretteten erneut zu retten? Das ist Blödsinn. Entweder war Gott doch
vor Ort oder ein anderer Zeitreisender müsste uns gesehen
und spontan eingegriffen haben. Und ich halte beide Ideen
für gleich unwahrscheinlich.“

„Hm.“ César grübelte. „Gleich unwahrscheinlich mag sein.
Aber wir sind doch Wissenschaftler. Aus wissenschaftlicher
Sicht wissen wir, dass kein Gott dort war, um ihm das Opfer
zu befehlen. Also war auch keiner dort, um ihn aufzuhalten.
Aber warum sollte ein anderer Zeitreisender dort hinreisen?“

Bao knetete seine Unterlippe mit Daumen und Zeigefinger, während er nachdachte. „Für mich existiert der christliche Gott ohnehin nicht, sorry, Freunde. Daher bleibt für mich aus logischer Sicht nur ein anderer Mensch, der ihn abgehalten hat oder er selbst hat im letzten Moment noch Skrupel bekommen. Es ist die einfachste und naheliegendste Lösung."

Vladimir und César blieben skeptisch. Obwohl auch sie zugeben mussten, dass Bao möglicherweise recht hatte. Es war wirklich die naheliegendste Lösung.

„Egal", verkündete César schließlich. „Wir müssen es noch mal versuchen. Sehen wir uns nach einer neuen biblischen Szene um. Abraham und Isaak werden vielleicht nicht noch einmal auf eine unserer Finten hereinfallen.

Aber gehen wir doch eine Generation weiter, direkt zu Jakob. Irgendwo stand doch etwas von einem Badeunfall. Er wäre beinahe ertrunken, hätte Gott ihn nicht beschützt und seine Hand über ihn gehalten. Oder irgend so etwas ... Macht euch bereit für den nächsten Versuch!"

01.11.2105 in einem Forschungslabor
in Frankreich

Als sich die Freunde Tage später zum nächsten Versuch im Labor trafen, hatte César bereits eine kryptische Stelle gefunden. Jakob, der über einen Fluss übersetzen wollte und beinahe ertrank. Gott hatte ihn im letzten Moment gerettet.

Sie mussten also nur dafür sorgen, dass Gott ihn eben nicht im letzten Moment rettete ... Sie waren nervöser als beim letzten Mal, denn erneut war nicht klar, ob sie nicht doch noch Gott begegnen würden. Und was würde er dann mit ihnen machen?

Gut, sie hatten ihn beim letzten Mal nicht gesehen, aber das hatte nichts zu bedeuten. Er hätte durchaus der Retter von Abraham und Isaak sein können. Doch es half nichts, wenn sie den Plan umsetzen wollten, mussten sie es riskieren.

Dieses Mal wollte Bao dabei sein. César und Vladimir waren einverstanden und zogen ein Streichholz um den verbleibenden Platz in der Zeitkapsel. César gewann. Vladimir würde in der Gegenwart bleiben.

„Ich kann nichts erkennen in dieser Dunkelheit“, schimpfte Bao. „Bist du sicher, dass dieser Jakob hier mitten in der Nacht mit seinem Floss auftauchen wird?“ César zuckte mit den Schultern. „Nun, so steht es zumindest in der Bibel. Ich glaube, jetzt sehe ich etwas. Warte.“

Konzentriert starrten die beiden in die Dunkelheit und tatsächlich stakte ein Floss über eine seichte Stelle am Fluss. Doch unbeschadet legte es an und ließ Passagiere und Vieh entsteigen. Während alle sich auf den Weg machten und bald mit unbekanntem Ziel aus dem Blickfeld verschwanden, blieb ein Mann alleine am Ufer zurück und starrte auf den Fluss.

Lange Zeit tat sich überhaupt nichts und die beiden Männer in der Zeitkapsel wurden ungeduldig. „Ich muss mal für kleine Königstiger“, flüsterte Bao. „Jetzt nicht!“, erwiderte César scharf. „Es ist aber sehr dringend. Das ist nur, weil ich nervös bin.“

Bao bestand darauf, die Kapsel verlassen zu dürfen und César gab schließlich nach. Es war dunkel, die Kapsel unsichtbar und sie außerdem hinter in der Nähe eines kleinen

Strauchs. Wenn Bao nicht zu viel Lärm machte, würde nichts geschehen. Bao ließ den Helm mit dem Sauerstoff in der Kapsel und kletterte, nur in Jeans und Laborkittel, aber dafür mit einer Stirnlampe, aus der Kapsel.

César bemerkte es zu spät und konnte Bao nicht über Lautsprecher zurückrufen. Wie bescheuert musste man eigentlich sein, hier in der Vergangenheit mit einer Stirnlampe herumzulaufen? Er konnte nur hoffen, dass dieser Jakob blind und blöd war, und nichts bemerken würde.

Bao suchte sich munter eine Stelle, an der kein Untier lag, kein Skorpion, keine Schlange. Wie gut, dass er an die Lampe gedacht hatte. Zufrieden erleichterte er sich und konnte sich gerade noch verkneifen, ein Lied zu summen.

Plötzlich hörte er ein Plätschern. Jakob hatte ihn bemerkt und war neugierig auf den Weg zu ihm. Dabei kürzte er eine Ecke des ausgebuchten Ufers ab und rannte quasi mitten durch das Wasser, um auf dem kürzesten Weg bei Bao zu sein.

„So ein Mist!", fluchte Bao. Er konnte jetzt schlecht wegrennen und in die Zeitkapsel flüchten. Und in seiner weißen

Kluft konnte er sich nicht besonders gut verstecken. Vor allem nicht, wenn er nicht wusste, wo er war. Er machte einen halbherzigen Fluchtversuch am Fluss entlang, doch er war schlecht in Form und seine Beine waren vom langen Sitzen etwas steif. Schon nach wenigen Metern hatte ihn Jakob erreicht und zu Boden gerungen.

Halbherzig rang Bao mit ihm und überlegte fieberhaft, wie er sich wohl retten konnte. Da bemerkte er aus dem Augenwinkel, dass César auf ihn zueilte und bevor Jakob reagieren konnte, hatte César ihn mit einer schnell wirkenden Spritze eines Halluzinogens außer Gefecht gesetzt.

„Diese Dosis müsste eigentlich reichen, um ihn zu töten. Dann ist er eben nicht im Fluss ertrunken, sondern an einem Herzinfarkt gestorben. Und jetzt nichts wie weg hier, bevor die restliche Sippe hier auftaucht!"

Schnell eilten beide in die Kapsel zurück und waren binnen weniger Minuten am Ausgangspunkt ihrer Reise angekommen. Diesesmal sollte es geklappt haben, da waren sie sich sicher!

Weniger sicher wären sie sich gewesen, wenn sie die zweite Kapsel der Israelis bemerkt hätten, die von ihrem Informanden die bevorstehenden Daten samt Koordinaten erhalten hatten. Schnell huschte Yonatan aus der Kapsel und verabreichte dem im Delirium liegenden Jakob ein Gegengift. Er würde dennoch einige wilde Träume haben – aber immerhin würde der Stammvater Israels überleben!

Die gut vorbereitete Aktion der Israelis dauerte nur wenige Minuten, dann waren auch sie wohlbehalten in ihrem Hauptquartier zurück, während in Frankreich drei heftig diskutierende Männer feststellen mussten, dass es wieder nicht funktioniert hatte – dass sie es aber geschafft hatten, die Bibelstelle zu verändern.

Sie machte kaum Sinn, berichtete aber statt von einem geretteten Ertrinkenden jetzt von Jakobs Zweikampf mit „Gott" und einem wirren Gespräch, das nie stattgefunden hatte. Eine Nachwirkung der Drogen.

Dennoch. Die Mission war erneut gescheitert. „So eine verdammte Scheiße", fluchte César. So langsam gingen ihm die Ideen aus. Hatte er sich wieder mit Gott angelegt, oder waren seine Gegner eher auf der Seite der Menschen zu suchen? Er würde es herausfinden ...

01.11.2105 in einem Forschungslabor in Frankreich

„Also Freunde", leitete César seinen Vortrag ein. Wie immer saß das Triumvirat für die geheimen Besprechungen in der anonymen Öffentlichkeit der Kantine. Versteckspiele würden nur unerwünschte Aufmerksamkeit erregen. Sie bemühten sich, unauffällig zu sein und nicht lauter als nötig zu diskutieren.

Für den Fall, dass jemand zu nahe kam, hatten sie sich Themen zurechtgelegt, über die sie vorgeben konnten, sich gerade unterhalten zu haben. So waren sie jederzeit in der Lage, die Kollegen mit zum Gespräch zu bitten, ohne dass jemand bemerkte, dass es zuvor noch um Verschwörungen gegangen war.

„Es hat also zweimal nicht funktioniert. Mich würde interessieren, wieso. War es wirklich Gott, der sich jedes Mal eingemischt hat, oder waren es Menschen? Egal wie Gott auch aussieht, irgendetwas hätten wir doch sehen und bemerken müssen, oder nicht? Sogar in anderen Religionen gab es Götter zum Sehen und Anfassen ..."

„Das sind philosophische Fragen, auf die wir keine Antwort finden werden", warf Bao ein. „Gegen einen Gott können wir nichts ausrichten, also sollten wir unsere Pläne aufgeben. Der Weltfrieden ist ja im Moment gewahrt, also was soll's." Bao zuckte mit den Achseln.

„Du wirst doch jetzt nicht aufgeben wollen?", wunderte sich Sokolow. „Ja, was sollen wir denn sonst machen?", gab Bao zurück.

„Nun, die Sache ist interessant", gab Sokolow zu bedenken. „Ich würde gerne Gott treffen, aber wir können ja nicht überall gleichzeitig sein. Wir müssten mehrere Wissenschaftler mit ins Boot holen und diese dann an strategisch wichtigen Orten – oder Zeiten aussetzen", antwortete er, als wäre dies die einfachste Sache der Welt.

„Die Idee ist im Prinzip nicht schlecht", gab César zu und kam Bao zuvor, der heftig den Kopf schüttelte und gerade Luft geholt hatte, um einen Einwurf anzubringen. „Aber wo sollen wir denn so viele Menschen herbekommen und ist es nicht gefährlich, sie einzuweihen? Außerdem müssen wir bedenken, dass wir dadurch die gesamte Geschichtsstruktur durcheinanderbringen.

Wir werden so viele Änderungen vornehmen, dass sich unsere Geschichtsbücher und Unterlagen wohl täglich ändern würden. Wie sollten wir denn noch wissen, an welchen Stellen wir eingreifen können, um unser Ziel zu erreichen? Alle paar Minuten würde sogar die Bibel anders lauten.

Wichtige Anhaltspunkte würden uns fehlen, die Sache würde uns total entgleisen ... und – vor allem – könnten wir dadurch letztendlich auch irgendwelche Dinge ändern, die dann plötzlich unser eigenes Leben beeinträchtigen könnten. Womöglich würden wir nicht geboren werden."

Obwohl César sich dagegen aussprach, fand er die Idee faszinierend. Aus der Absicht, einen einfachen Wahlbetrug durchzuführen, wurde plötzlich die komplette Änderung der Geschichte. Und in der Mitte – ER selbst in seiner Funktion als GOTT – sofern sich der echte Gott nicht in seine Pläne einmischte. Dieser Punkt war leider der schwierigste, denn offensichtlich hatte er das ja bereits mehrfach getan.

„Wir brauchen also noch mehr Verbündete, die bereit sind, ein gewisses Risiko einzugehen. Und wir brauchen außerdem eine ganze Menge mehr Zeitreisekapseln. Wir werden sie nämlich im Dauereinsatz haben. Dazu müssten wir sie noch weiter entwickeln, sie sind für diese ständigen Wartezeiten und den Schutzschild-Modus nicht geschaffen. Irgendwann wird uns eine Kapsel um die Ohren fliegen oder einfach nicht mehr funktionieren. Dann würde einer von uns in der Zeit feststecken."

„Ach, ich glaube, das wäre das geringste Risiko", winkte Bao ab. „Wir wissen ja immer, wo die anderen sich jeweils aufhalten, also würde der Kontakt nicht abreißen. Keiner von uns wäre verloren."

„Das mit dem Abholen ist auch so eine Sache", gab Vladimir zu bedenken. „Wir können nicht ständig ein paar Sekunden in der Vergangenheit verbringen und dann wieder verschwinden. Das macht den ganzen Plan noch viel umständlicher.

Seht mal: Wir wollen das jüdische Volk ausschalten, haben aber zu viele Skrupel, um alle einfach umzubringen.

Außerdem können wir nicht jeden Einzelnen von ihnen in der Geschichte einsammeln und eliminieren. Wir sollten also am besten eine Zeit lang dort leben und uns dann, wenn wir uns eingelebt haben und sie sozusagen „studiert" haben, eine Lösung finden, wie wir sie alle auf einmal ausschalten könnten."

„Du willst sie zum Beispiel dazu bringen, sich wie die Lemminge von den Klippen zu stürzen?", fragte César. „Naja, so etwas in dieser Richtung. Jedenfalls will ich nicht in der Zeit zurückreisen und jede Person, die uns im Weg steht, eigenhändig umbringen müssen", erklärte Vladimir.

„Ich bin aus moralischen und religiösen Gründen auch dagegen", warf Bao Li ein. „Wir haben nicht das Recht, so viele Leute zu töten. Wir sollten uns etwas anderes einfallen lassen."

„Es geht doch nicht darum, diese Menschen zu töten!", wurde César jetzt laut. „Wir müssen verhindern, dass sie geboren werden und nicht abwarten, bis sie alle existieren, um sie zu töten. Sieh es wie eine Art präventive Massenabtreibung."

Bao schüttelte den Kopf. „Das ist trotzdem irgendwie krank. Dann kannst du doch auch einfach versuchen, ihnen das Judentum auszureden. Erzähl ihnen von Buddha oder erfinde einen anderen Gott und dann gibt es auch keine Juden. Ganz unblutig.“

César schnalzte mit der Zunge. „Die Idee ist gar nicht so schlecht, Bao. Gar nicht so schlecht. Damals existierten genügend Götter, es müsste möglich sein, die Menschen einfach umzupolen. Und auch die Idee, dass wir Verbündete dort eine Zeit lang leben lassen, ist nicht schlecht. Das lässt sich bestimmt einrichten. Ein Urlaub in der Vergangenheit? Warum nicht? Ich mach mir mal ein paar Gedanken, ich glaube, ich habe da schon eine gute Idee. Lasst uns morgen weiter darüber sprechen!“

Nur zu gerne hätten die beiden anderen erfahren, was César für eine Idee hatte. Aber um nicht aufzufallen, durften sie keine längere Pause machen und auch sonst kein abweichendes Verhalten an den Tag legen. Also mussten sie sich bis zur Kaffeepause gedulden. Schweigend standen sie auf und gingen ins Labor zurück.

Abb. 9: Haifa – Hafen (Loopstation)

01.11.2105 in einer geheimen Regierungseinrichtung in Israel

„Daniel, es gibt Arbeit", rief Yonatan von seiner Seite des Büros seinem Kollegen zu. „Gerade ist eine interessante Nachricht eingegangen – von unserem Verbindungsmann aus Frankreich." Daniel drehte sich auf dem Stuhl um und stand auf. „Lass sehen!", sagte er, als er sich neben Yonatan stellte. Anerkennend pfiff er durch die Zähne, als er die Nachricht gelesen und die Aufzeichnung des Gesprächs aus der Kantine des französischen Labors abgehört hatte.

„Ich finde, dass die es jetzt wirklich übertreiben. Agenten in der Vergangenheit aussetzen? Die Religion manipulieren? Wie sollen wir das denn verhindern? Wir können ja nicht überall sein. Oder sollen wir selbst Leute dort stationieren?"

„So eine Entscheidung können wir nicht treffen, das weißt du doch. Wir werden es mit dem Hauptquartier besprechen müssen. Aber ich bin mir sicher, dass wir genügend Patrioten finden, die sich bereit erklären, einige Zeit in der Vergangenheit zu leben, um unser Volk zu retten. Schließlich würden wir regelmäßig mit ihnen in Kontakt stehen und sie nach Beendigung der Mission auch wieder zurückholen!"

„Hört sich gut an, aber würdest DU dich denn zum Beispiel freiwillig melden? Immerhin würdest du in der Vergangenheit körperlich altern, und wenn du zurückkommst, bist du ein alter Mann."

„Ach, was weiß ich, man könnte doch sicher immer wieder zurückkehren und dann die Zeitkapsel einfach auf eine Sekunde nach dem Verschwinden programmieren, damit man nach zwei Jahren Heimaturlaub erst wieder zurückkehrt."

„Ich glaube nicht, dass das funktionieren würde. Dann würdest du innerhalb von Sekunden DORT älter aussehen. Nein, jemand müsste wirklich bereit sein, fast sein gesamtes Leben – oder auch tatsächlich sein gesamtes Leben – dort zu verbringen. Für den höheren Zweck."

Daniel kratzte sich nachdenklich am Hinterkopf. Tja, das würde ziemlich schwierig werden. Aber die Entscheidung lag tatsächlich nicht bei ihm. „Wir werden einfach die Nachricht weitergeben und auf Befehle warten."

Abb. 10: Blick über Paris von der Galerie des Chimères von der Kirche Notre-Dame de Paris. (Michael Reeve)

08.11.2105 in einem Forschungslabor in Frankreich

Das Gespräch mit seinen Freunden hatte César nachdenklich gemacht. Anscheinend verfolgten sie nicht mehr dieselben Ziele. Es war Zeit, sich um seinen Back-up-Plan zu kümmern und die anderen Leute, die Reserve, mit ins Boot zu holen.

Er dachte dabei an die fünf anderen Wissenschaftler, die er mittlerweile hatte einweihen und auf seine Seite ziehen können. Es war Zeit, sie zu akquirieren. Nur, was sollte er machen, wenn die sich plötzlich genauso anstellten, wie seine Kollegen aus dem „Triumvirat"? Das konnte er eigentlich nicht riskieren. Er seufzte. Manche Dinge konnte man einfach nur alleine machen.

In seinem Zimmer bemühte er sich daher, an seinem privaten PC die Umprogrammierung und Steuerung der implantierten Chips seiner 5 Kollegen zu vervollständigen. Da er einer der Entwicklungsingenieure der komplizierten Steuerungen war, war es nicht schwer gewesen, sich in die normalerweise geschützten Programme einzuhacken.

Die Chips enthielten wichtige Daten und Funktionen und konnten über spezielle Entwicklungen und Beeinflussung der Nervenbahnen auf Makroebene einiges im Körper auslösen. Falls notwendig, das zentrale Nervensystem lahmlegen.

Das hatte er natürlich nicht vor, doch immerhin wäre es möglich, die Leute zu schwächen und beeinflussbar zu machen. Sogar Halluzinationen könnten durch bestimmte Frequenzen ausgelöst werden. Das würde sicher noch hilfreich sein, bei dem, was er vorhatte. Ein ziemlich gewagter Plan.

Ein Blick auf die Uhr sagte ihm, dass er es noch rechtzeitig schaffen würde. Punkt Mitternacht erwarteten ihn die neuen Rekruten, die er dann auf ihre Mission schicken würde. Nur wussten sie noch nichts davon.

Als er das Büro betrat, blickten ihm neugierig 5 Augenpaare entgegen. Alle waren gekleidet wie in historischen Zeiten, hatten jedoch kleine „Wunderwaffen" dabei. Unauffällig versteckte Laser und Sender, alles versteckt in damals gängigen Wanderstäben, die wenig Aufsehen erregen würden.

„Freunde, ihr seht klasse aus!", begrüßte César seine gespannten Kollegen. „Ihr habt heute die Ehre mit den Zeitreisekapseln in die Vergangenheit zu reisen. Es ist wichtig für unsere weiteren Recherchen, dass wir etwas über die Vergangenheit erfahren können.

Ihr werdet euch also mindestens 12 Stunden dort aufhalten und dann wieder zur Kapsel zurückkehren. Lasst sie im Unsichtbarkeitsmodus! Ich werde hier die Geräte bewachen und euch alle sicher zurückbringen. Ich bin sehr gespannt auf eure Ergebnisse. Also, viel Glück!"

Das mit dem Glück meinte er sogar ernst. Denn der Urlaub in der Vergangenheit war gar keine schlechte Idee gewesen. Nur wenn man den Leuten ein Erlebnis auf Zeit versprach, konnte man genug Freiwillige finden. Ein Erlebnis auf Zeit würde allerdings seine Pläne beeinträchtigen.

Was, wenn die Leute dann die Mission anschließend – aus welchen Gründen auch immer – nicht fortsetzen wollten? Das würde den gesamten Plan gefährden. Nein, er hatte stattdessen vor, zuerst diese fünf und dann immer mehr Kollegen strategisch wichtig in der Zeit zu platzieren. Und dort zu lassen natürlich.

Dank der umprogrammierten Chips konnte er alle relevanten Daten direkt auf seinen PC erhalten, ohne einen Finger zu krümmen. Und damit die armen Schweine nicht merkten, dass man sie reingelegt hatte, würde er sie einfach ab und zu mit der Zeitkapsel besuchen, um ihnen Anweisungen zu geben.

Er durfte nur die Kapsel nicht verlassen. Vielleicht sollte er diese zusätzlich schützen, mit irgendetwas, was ausschloss, dass sie versuchen würden, in die Kapsel einzudringen, um nach Hause zu reisen? Radioaktivität wäre gut.

Seine Kollegen waren intelligent genug, um sich nicht verstrahlen zu lassen. Sie würden schön brav Abstand halten ... Er lächelte. Nun dann wollen wir doch mal sehen, ob der biblische Gott auch dagegen etwas ausrichten konnte? Er bezweifelte es.

Abb. 11: Das Knesset, das israelische Parlamentsgebäude
(Joshua Paquin)

01.11.2105 in einer geheimen Regierungseinrichtung in Israel

„Ich habe gerade das letzte Signal von unserem Kontaktmann erhalten. Ich finde es ziemlich mutig, dass er sich auf so ein Himmelfahrtskommando einlässt. Und das freiwillig!

Seinen umprogrammierten Chip konnten wir zwar nicht entprogrammieren, weil César das bemerkt hätte, aber wir konnten ihm heimlich einen Zweiten einsetzen lassen, der die Signale ausschließlich an uns senden wird. Außerdem hat das Hauptquartier verfügt, dass stets eine Zeitkapsel bereitsteht, damit wir immer eingreifen können, wenn es nötig ist.

Planmäßig wird er von dem irren Franzosen in Ägypten ausgesetzt. Die hatten zu der Zeit viele Götter und auch ein paar Sklaven. Unser Agent wird unter dem Decknamen „Moshe" dort eingeschleust und soll die Juden dazu bringen, den alten ägyptischen Göttern anzuhängen.

Eine schwierige Aufgabe für den Doppelagenten, denn er soll ja für uns genau das Gegenteil bewirken. Der Mann hat wirklich Nerven. Er wird von zwei Seiten Druck bekommen. Und außerdem – wenn wir in wenigen Minuten die Bibel aufschlagen – müssten wir sehen, dass sich die Geschichte bereits komplett geändert hat.

Ich weiß nicht, mit welcher Geschichte er dort eingeschleust wird, wahrscheinlich zwischen den Arbeitern. Oder er muss jemanden bestechen oder beeinflussen. Er hat ja genügend moderne Technologie bei sich."

„Ich drücke ihm jedenfalls die Daumen. Ich möchte nicht mit ihm tauschen. Und ich werde jetzt täglich fleißig in den christlichen Schriften und der Thora nachlesen, um zu sehen, wie er sich so schlägt …"

„Ja, das funktioniert aber auch nur, weil wir hier in diesem Raum außerhalb der Zeit existieren. Wir würden uns sonst in zwei Minuten nicht einmal mehr an dieses Gespräch erinnern können. Lass uns hoffen, dass diese Idioten nicht die gesamte Geschichte des Planeten durcheinanderbringen. Vorrangig geht es nur darum, dass wir unser Volk schützen wollen."

„Warten wir's ab!"

Abb. 12: Blick auf die Judäische Wüste
vom Berg Yair, Israel
(Ein Gedi Natur Reservat) – (Yuvalr)

Irgendwann in biblischer Zeit in der Wüste

Agent 655, alias Moses bzw. „Moshe", der sich vom Agenten zum Propheten gemausert hatte, stapfte wütend durch die Wüstenhitze. So hatte er sich das alles nicht vorgestellt. Der Job war scheiße.

Es war zunehmend schwieriger, den verschiedenen Arbeitgebern weiszumachen, in ihrem Auftrag zu handeln. Während er noch fieberhaft überlegte, auf welche Seite er sich letztendlich stellen sollte – Vernichtung oder Rettung der Juden – musste er sie alle hinhalten, sonst würden sie ihn einfach abholen oder ersetzen.

Oder von einem Kollegen töten lassen. Er wusste, dass mittlerweile beide Seiten aufgerüstet hatten - was dort in der „Jetztzeit" eine Sache von ein paar Tagen oder Wochen gewesen war, während er hier schon Jahre mit seiner Aufgabe zugebracht hatte.

Er wusste von den immer wieder stattfindenden Treffen mit „Gott" (so verpackte er die Begegnungen mit César oder Yonatan, je nachdem, wer wieder neue Befehle hatte – dem echten „Gott" war er hier nirgends begegnet), dass beide Seiten eine erkleckliche Anzahl von Agenten für kürzere oder längere „Auftritte" in der Geschichte ausgesetzt hatten.

Einige unfreiwillig, niemals zur Rückkehr bestimmt. Man würde sie einfach hier lassen bis zu ihrem natürlichen Lebensende. So konnten sie in der „Jetztzeit" keinem sagen, was sich abgespielt hatte. Andere waren nur kurzfristig im Einsatz. Sie wussten dann normalerweise zu wenig, um wirklich gefährlich werden zu können.

Man hatte ihnen einfach gesagt, sie wären Teil einer Forschungsreise und so konnten sie ja maximal von einem Tag oder einer Woche in der Vergangenheit berichten, ohne die größeren Zusammenhänge zu kennen.

Mittlerweile war ihm auch klar geworden, wie stark diese Aktionen die heiligen Schriften beeinflusst hatten. Die unfreiwillig Gestrandeten hatten wütend versucht, irgendwelche Überlieferungen so zu verstecken, dass sie den Zahn der Zeit überstehen würden und später die Wahrheit berichten konnten.

Dazu waren komplizierte Vorgänge notwendig, denn normalerweise würden die sich ständig ändernden Ereignisse die zuvor versteckten Informationen eigentlich wieder ungeschehen und unversteckt machen. Zeitreisen waren wirklich übel.

Parallele Ereignisse, Überschneidungen. Kein Mensch konnte da mehr den Überblick behalten. Sie hatten Zeit und Raum auf den Kopf gestellt und die gesamte Geschichte geändert. Es gab wohl schon lange keinen Erlöser mehr, der einfach aufgetaucht war, wichtige Predigten gehalten und weiter gewandert war.

Wer weiß, wie der Ablauf mittlerweile ausgesehen hatte. War die Religion noch von einem Prediger bestimmt oder hatten sich die Inhalte schon längst massive verändert?

Die Agenten untereinander erkannten sich meist nicht. Sie mussten vorsichtig sein, um sich nicht gegenseitig versehentlich oder absichtlich ans Messer zu liefern. Nicht alle „Propheten", die künftige Ereignisse prophezeiten, waren wohl angesehen bei den Menschen. Es war besser, die Klappe zu halten.

Für heute hatten sie ihn wieder einbestellt auf den Berg. Es hatte sich herauskristallisiert, dass das Wurmloch über dem Berg eine noch schnellere und sicherere Reise garantierte, da es stabiler war als die anderen und leichter kontrolliert werden konnte.

Also musste er abwechselnd beide Seiten zufriedenstellen und immer wieder in der Hitze auf den Berg kraxeln. Wenigstens brachten sie ihm ab und zu Informationen von seiner Familie oder mal eine Zeitschrift oder ein leckeres Essen.

Einmal hatte er sogar Filme über einen 3D-Hologrammwürfel anschauen können. Er hatte sich wirklich eine Auszeit verdient, fand er. Mal sehen, welches Spektakel für heute geplant war.

Beim letzten Mal hatten sie ihm solche Nichtigkeiten unterjubeln wollen, dass er sich am liebsten auf César gestürzt hätte, doch dieser Idiot hatte den Busch in Brand gesetzt und die Flammenwerfer aktiviert. Außerdem hatte er damit gedroht, ihm eine neue Variante ausgestorbener Viren entgegenzuschleudern, wenn er es wagen sollte, die Zeitkapsel anzugreifen.

Zähneknirschend hatte er sich zusammennehmen müssen. Blöderweise hatte jemand aus der Ferne das Spektakel beobachtet und er hatte seine liebe Mühe gehabt, den Menschen eine erfundene Prophezeiung zusammenzuschustern und eine Geschichte von Gott zu erzählen, der ihm als Zeichen seiner Allmacht in einem brennenden Dornbusch erschienen war.

Das war im Endeffekt auch nicht viel unglaubwürdiger als die Wahrheit von César in der Zeitkapsel.

Abb. 13: Moses vor dem brennenden Dornbusch, G. Fugel, um 1920, Diözesanmuseum Freising, Inv. D 94117

Und er musste sich wirklich zurückhalten. Noch war er nützlich, aber er wusste zu viel und hatte schon zu viele eigenmächtige Handlungen vorgenommen. Er brachte gar nicht mehr alles zusammen, aber man hatte ihn in Ägypten ausgesetzt, um einige der verehrten Götter zu studieren und die Juden dazu zu überreden, einen dieser Götter anzubeten.

Er fand das allerdings albern und hatte sich geweigert. Es war schwer genug gewesen, den Ägyptern sein plötzliches Auftauchen zu erklären. Und nur weil der Pharao seine Tipps zu schätzen wusste, durfte er am Leben bleiben.

Seine Geschichte, wie er an den Hof gekommen war, wurde rückwirkend erfunden. Er bediente sich dabei einfach einer der Geschichten, die er bei der Recherche in der damals gültigen Version der Bibel gestanden hatte. Von einem Sargon, der in einem Bastkörbchen ausgesetzt und gefunden worden war ... blabla.

So was kam beim unkritischen Volk ganz gut an und hatte auch bei ihm gewirkt. Niemand hatte sich getraut, die Geschichte infrage zu stellen, die der Pharao den Menschen erzählte. Moshe war sich sicher, dass er damit massiv die biblische Geschichte verändert hatte, doch er war ja noch lange nicht fertig damit.

Die Ägypter waren eigentlich sehr nett und vor allem intelligent. Er hatte keinen Grund, sich zu beschweren. Und die angeblichen Sklaven waren eher freiwillig bezahlte Facharbeiter. Diese aufzuwiegeln und gegen die netten Gastgeber aufzubringen, war eigentlich kein Plan, der ihm gefiel.

*Abb. 14: The Finding of Moses, Gemälde
von Sir Lawrence Alma-Tadema, 1904*

Als die „Sklaven" weiterziehen wollten – bevor er sie zu Isis und Osiris bekehren und damit einen neuen religiösen Grundstein hatte legen können – wurde er wieder vor César zitiert. Der hatte getobt und gedroht, ihn eigenhändig zu pulverisieren.

Zum Glück hatte Moses ihm glaubhaft versichern können, dass er das Volk lieber sammeln und geschlossen in die Wüste führen wollte, wo sie dann verhungern und verdursten würden. Er selbst hätte aber gerne ab und zu ein paar leckere Steaks geliefert, wenn möglich. César hatte der Vorschlag gefallen. Unblutig und gründlich. Er hatte eingewilligt.

Doch die Gegenseite war natürlich völlig aus dem Häuschen gewesen. Das eigene Volk verhungern zu lassen? Was für eine kranke Idee. Sofort musste er umschwenken und darauf hinweisen, dass er sie nicht verhungern lassen wollte, sondern in Sicherheit bringen. Er würde zum Schein einfach ein paar Jahre lang durch die Wüste irren und so die Juden von den anderen abschotten und beaufsichtigen, damit ihnen nichts passierte.

Daniel und Yonatan waren skeptisch gewesen. Aber gerettet war gerettet. Daran gab es nichts zu rütteln. Also hatten sie ihm einen ausgemusterten Nahrungsapparat aus einem alten Versuchslabor geschickt, eine Art altmodische Mikrowelle, die er dem Volk als „Manna-Maschine" unterjubelte.

So konnte er sie am Leben halten und noch darauf hinweisen, dass Gott ihnen die Maschine geschickt hatte, weil sie auserwählt waren. Das Volk war begeistert gewesen. Und dankbar. Aber César hatte abgekotzt. Und, um ehrlich zu sein, wollten die Menschen nicht ihr restliches Leben in der Wüste verbringen. Daher schwand die Dankbarkeit und die Unzufriedenheit führte zu Raufereien und schlechter Stimmung. Da war guter Rat teuer.

Für heute war er also auf den Berg bestellt worden. Er hatte dem Volk schon verkündet, dass Gott ihn sprechen wollte und er auf keinen Fall dabei gestört werden durfte, da jeder, der Gott sah, sofort sterben würde. Sogar er selbst habe sich zu bedecken. Die Menschen schienen ihn verstanden zu haben und so kraxelte er auf den Berg und hoffte, dass Yonatan ihm ein leckeres Eis mitgebracht hatte. Pistazie – Vanille – Walnuss. Seine Lieblingssorten.

Oben angekommen war er außer Atem. Dieser Staub, diese Hitze. Es war zum Kotzen. Yonatan erwartete ihn schon. Die Zeitkapsel dampfte vor sich hin, um abzukühlen. „Das Volk ist unruhig und ich hab langsam genug von der Mission. Die sind doch hier und in Sicherheit. Ist die Mission eigentlich nicht langsam erfüllt?", fragte er.

Yonatan schüttelte den Kopf. „Nein, das ist keine gute Grundlage. Wie soll ein Nomadenvolk aus der Wüste, das bereits beginnt, sich die Köpfe einzuschlagen, später mal die Spitze eines Friedensreiches bilden? Das macht überhaupt keinen Sinn. Nun komm erst mal her, wir haben hier ein klimatisiertes Zelt für dich aufgebaut mit einigen Annehmlichkeiten. So haben wir Zeit genug, zu beratschlagen, was wir tun könnten ..."

Aaron war klar, was sich auf dem Berg abspielen würde. Moses, dieser Schwächling, würde sich mit Essen aus der Zukunft vollfressen und versuchen, die Angelegenheit mit einem Kompromiss zu regeln. Aber dieses „Um den heißen Brei herumreden" brachte ja keinen weiter. Aaron war schon lange klar, dass Moses für beide Seiten arbeitete, aber er hatte ihn noch nicht auffliegen lassen. Wer weiß, ob er ihn zu einem geeigneten Zeitpunkt damit zum eigenen Vorteil erpressen konnte.

Jedenfalls war Aaron ganz klar, dass man die Sache nun schleunigst abkürzen musste. Während Moses dort oben rumhing und weiß der Kuckuck was mit seinen Kumpels bequatschte, blieb er nicht untätig. Längst hatte er einen Plan, den er auch sofort anleierte.

Wie wäre es denn, wenn die Juden nach dieser von „Gott" verursachten Misere mal wieder eine echte himmlische Führung bekämen? Es wäre doch ideal, wieder zu alten Werten zurückzukehren. Und das begann man am besten mit einer aufwieglerischen Rede und der Erinnerung an den mächtigen Gott Baal. Und um die Massen richtig anzuheizen, wäre es nicht schlecht, sich an einem gemeinsamen, zielführenden Projekt zu beteiligen: dem Bau einer Götzenstatue. Aus Gold. Das wirkte immer. Und sah imposant aus ...

„Moses, du musst schleunigst wieder vom Berg runter. Da unten braut sich was zusammen. Dein Volk ist so unruhig geworden, dass sie damit beginnen, sich einen alten Götzen wieder zum Leben zu erwecken!", rief Daniel und unterbrach einen gemütlichen Fernsehabend, den Moses und Yonatan gerade vor dem 3D-Hologramm abhielten.

„Wie? Was?", fragten die beiden beinahe gleichzeitig und Moses stellte sein beinahe leeres Bierglas mit Wucht auf den Boden. „Das war ja sooooo klar!", schimpfte er. „Was treiben die da nur?"

Abb. 15: Die Anbetung des Goldenen Kalbes
von Nicolas Poussin, 1633

„Ich habe es nicht genau mitbekommen, leider, aber du bist schon fast 40 Tage hier oben und immer wieder versucht einer, hier hochzukommen und nachzusehen. Wir müssen sie mit Gewitter und Erdbeben und allerhand Tricks ablenken.

Aber ich habe eine Idee. Du gehst jetzt runter und sagst ihnen, dass Gott dir einige wichtige Regeln diktiert hat über das Zusammenleben und gleich die Erste sollte sein, dass die sich keine anderen Götter machen sollen, weil Gott sie sonst erschlägt."

Moses überlegte. „Naja, eine solch brutale Drohung ist vielleicht nicht zielführend, aber so etwas in die Richtung wäre gut, klar. Aber ich kann doch nicht mit einem Computerausdruck oder einer beschrifteten Papyrusrolle da runterkommen?"

„Du hast recht", warf Yonatan ein. „Sie würden das gar nicht verstehen und außerdem hättest du nicht so lange gebraucht, um auf einem Papyrus rumzukritzeln. Mach doch was Spektakuläres und sag einfach, Gott hat dir diktiert und du hattest nichts außer diesen Steinplatten hier und einem Faustkeil. Oder hast du zufällig Werkzeug bei dir, das du ihnen zeigen kannst? Das würde erklären, warum du so lange gebraucht hast."

Rasch nahm Yonatan umliegende Stücke vom Felsen, die er mithilfe seines Laserschneiders zurechtschnitt. Er achtete darauf, dass die Kanten schön ausgefranst blieben, damit es authentischer wirkte. „So, die hier sind doch hübsch. Nun lass uns noch schnell ein paar wichtige Regeln zusammenfassen. Wir können ja andere Religionen oder Philosophien beleihen. Irgendetwas, was sich wichtig und spirituell anhört."

Die Drei grübelten noch eine Weile, bevor ihnen einige sinnvolle Regeln eingefallen waren, die Yonatan mit dem Laserschneider gravierte. Dann wurde beschlossen, Moses noch mit einer beeindruckenden Spezialfarbe zu besprühen, um ihn ein „göttliches Leuchten" zu verpassen, was sich rasch wieder abwaschen würde und schon stieg er wieder den Berg hinunter mit 3 großen Tafeln, auf denen 15 „Gebote" eingelasert waren.

Brav trat Moses den Abstieg an und hatte Mühe, die drei Tafeln und den Stab zu halten. „Na, wenn das mal gut geht", schimpfte er laut, als er prompt über einen Stein stolperte und der Länge nach stürzte. Eine der Tafeln ging dabei zu Bruch.

Die Flüche, die er im Staub liegend von sich gab, waren recht unfein und dauerten auch ziemlich lange. Aber es blieb ihm nichts anderes übrig, als sich zusammenzureißen, die Reste der zerbrochenen Tafel zu pulverisieren und mit den verbliebenen 10 Geboten den weiteren Abstieg anzutreten.

Er würde einfach unter einem Vorwand nochmals auf den Berg steigen – sobald das nächste Treffen bevorstand – und sich neue Tafeln mit neuen Vorschriften geben lassen. Er konnte ja schlecht hier vor allen Leuten damit beginnen, mit seinem kleinen Laser Tafeln aus dem Felsen zu schneiden und zu beschriften. So viel Zeit hatte er nicht und es bestand stets die Gefahr, dass er dabei entdeckt werden würde.

Moses kam gerade noch rechtzeitig unten an, um den im Entstehen begriffenen Baalkult zu verhindern. Die Wut, die er seinem Volk dabei vorspielte, rührte zwar eher noch von seinem Sturz und den damit verbundenen Schmerzen her, aber sie komplettierten in perfekter Weise seinen Auftritt.

Abb. 16: Moses – von José de Ribera (1638)

Irgendwann in biblischer Zeit in der Wüste

„Leute, so geht das nicht. Ich habe keine Lust, ewig hier in der Wüste neben dem Berg zu wohnen und ständig hochzusteigen, wenn ihr etwas von mir wollt. Wir müssen uns etwas anderes einfallen lassen", schimpfte Moses.

„Und was schwebt dir dabei so vor?", fragte Yonatan, als sie sich gerade wieder ein kühles Bier aus der Zukunft gönnten, bei ihrer Stippvisite auf dem Berg. „Keine Ahnung, lasst euch etwas einfallen. Ein Funkgerät oder so etwas wäre nicht schlecht."

„Ein Funkgerät, bist du irre?", wollte Daniel wissen. „Wie willst du deinem Volk denn erklären, was du da treibst? Und außerdem werden spätestens dann unsere französischen Freunde auch Lunte riechen, wenn du mit so einem Ding hier herumrennst."

„Hm, stimmt", Moses grübelte. „Die Franzosen sind auch nicht doof, aber die Besuche werden seltener. Ich glaube, sie operieren bereits an einem anderen Punkt in der Zukunft, weil sie das Interesse an mir verloren haben. Vielleicht hat

César einen anderen Punkt gefunden, an dem er ansetzen kann?"

„Möglich, aber davon wissen wir noch nichts", Yonatan zuckte mit den Achseln. „Dennoch sind zu viele Agenten hier unterwegs. Sogar wenn César euch vergessen hat, werden sie zunächst an ihrer Mission festhalten. Es wäre schwierig, sie alle aufzuspüren und unschädlich zu machen.

Also müssen wir zumindest hierbleiben und die Stellung halten. Und sobald die Franzosen etwas Neues ausbaldowern, müssen wir einschreiten. Aber ganz ehrlich: Diese ganze Sache hier ist ordentlich aus den Fugen geraten. Am liebsten würde ich einfach abbrechen. Aber das geht nicht. Die Entscheidung liegt ja nicht bei mir."

„Keiner von uns kann hier eine Entscheidung treffen", sagte Moses. „Wobei wir einfach aussteigen könnten und warten, was passiert. Würden sie uns eliminieren oder wieder abholen? Keine Ahnung. Aber lasst uns zunächst das naheliegende Problem lösen. Ich habe nämlich gerade eine Idee", sagte Moses.

„Ich werde César berichten, dass ich mein Volk durch einen Kult an mich binden will – und an ihn als Gott. Ich werde sie ein Heiligtum bauen lassen, um die Tafeln mit den Zehn Geboten darin zu transportieren. Und ich werde ihm vorschlagen, mir ein Funkgerät zur Verfügung zu stellen.

Dann habe ich zwei. Ihr müsst nur darauf achten, dass eure Signale nicht von seinen Geräten empfangen werden können. Immerhin werden sie sich am selben Platz oder derselben Schachtel oder Kiste befinden. Da müssen wir mit Interferenzen rechnen.“

Daniel schüttelte den Kopf. „Das wird nicht gehen, Moses. Weißt du, wie stark die Energien in so einem Objekt sein würden, um die Interferenzen zu verhindern und die Geräte voneinander abzuschirmen? Ganz zu schweigen von dem restlichen Schutz, den wir anbringen müssten, damit kein Unbefugter sich daran zu schaffen machen kann.

Wir müssten das Objekt mit Stromschlägen schützen. Und wir brauchen einen Aufsatz, der als Antenne dient. Wow, das wäre ein großes, schweres und höllisch gefährliches Ding. Du müsstest quasi einen Strahlenschutzanzug tragen, um es bedienen zu können!"

„Hm", grübelte Moses wieder einsilbig. „Aus eurer Sicht ist das ganz klar kompliziert. Aber aus der Sicht der Menschen hier, die ich ja recht gut verstehe, ist das Ganze ein superkomplizierter Kult. Verbunden mit mysteriösen und göttlichen Wundern. Das würde mir echt weiterhelfen, wenn wir da technische Geräte unterbringen könnten. In irgendeiner Schachtel oder so."

„Eine Schachtel kannst du vergessen. Das würde ein ziemlich großes Ding werden. Und wie willst du das transportieren? Eure Esel würden zusammenbrechen." Yonatan war auch skeptisch. „Nun ja, was ich hier schon gesehen habe, sind schöne Schreinerarbeiten. Wir könnten mit einer Holzkiste arbeiten. Und der Transport müsste einfach wie mit einer Sänfte erfolgen. So etwas kenne ich aus meiner Zeit in Ägypten. Nur werden die Sklaven keine Person tragen, sondern eine Holzkiste."

„Hast du denn Sklaven?", wollte Yonatan wissen. „Nein, aber ich könnte vertrauenswürdige Leute zum Priester ernennen und ihnen einen Teil des Mysteriums zeigen. Dann würden sie sich berufen fühlen zu etwas ganz Besonderem. Angesehen vom Volk und ich muss sie ja ohnehin schulen, damit sie mit den Strahlungen umgehen können. Und sobald ich mit euch reden will, muss ich an einen stillen Ort gehen.“

Abb. 17: Moses und Joshua im Tabernakel,
James Tissot, ca. 1902

„Wie willst du das machen, wenn dir jemand, mindestens 4 oder 6 Männer, so eine Kiste hinterhertragen müssen? Hier in der Wüste müsstest du ja in eine Höhle, um allein sein zu können", warf Daniel ein.

„Du hast recht, Daniel", gab Moses zu. „Aber hier in der Wüste ist es wie damals mit den Indianern. Wir leben in Zelten. Ich brauche also nicht immer zu warten, bis ich eine Höhle finde, ich brauche einfach noch ein Zeremonialzelt, das ich aufbauen kann, wenn ich mit euch reden will.

Da tragen wir dann die Kiste hinein. Und damit die Menschen auch Respekt und Ehrfurcht vor der Kiste haben, und damit sie mir nicht ins Zelt folgen, lassen wir die Kiste noch ein paar Wunder wirken, um den Menschen ihre Kraft zu demonstrieren.

Da wird uns dann schon etwas einfallen. Und zack – fertig ist der regelmäßige Funkkontakt. Ihr habt ja keine Ahnung, welche Schwielen und Blasen ich in diesen unbequemen Latschen schon bekommen habe, wenn ich immer auf den Berg klettern muss."

Daniel und Yonatan mussten lachen. „Na gut, wir sprechen mal mit den Technikern und geben dir dann unsere „Göttlichen Anweisungen" durch, wie man so eine Kiste bauen könnte. Und du regelst die Sache mit César, damit er keinen Verdacht schöpft. Notfalls integrieren wir seine Ideen in die Kiste, damit er keinen Verdacht schöpft."

Abb. 18: Triumphbogen, Paris (Michael Meinecke)

20.11.2105 in einem Forschungslabor
in Frankreich

César saß alleine in seinem Zimmer in Frankreich und grübelte darüber nach, wie er wohl die Weltherrschaft an sich reißen konnte.

Die Idee, die er gehabt hatte, war irgendwie sinnlos gewesen. Sicher, er hatte einen gewissen Einfluss nehmen können auf die Ereignisse, aber er war zu der Einsicht gekommen, dass es vergebliche Liebesmühe war. Außerdem war er nicht blöd.

Er hatte bemerkt, dass Moses ein Doppelagent war und eigentlich mit dem Gedanken gespielt, ihn zu eliminieren. Dann war er jedoch davon abgekommen. Solange er ihn nämlich am Leben ließ und immer wieder mit Informationen und Anweisungen versorgte, konnte er eine falsche Spur legen. Er konnte weiterhin Interesse vortäuschen und stattdessen an anderer Stelle ansetzen, ein Stück weiter voraus in der Zeit.

Also machte er gute Miene zum bösen Spiel und tat so, als hätte er nichts bemerkt. Moses war schon genug damit gestraft, dass er in der Vergangenheit würde bleiben müssen. Er, César, würde ihn mit Sicherheit nicht in die Jetztzeit zurückholen. Und möglicherweise würde die gegnerische Seite auch davon absehen, ihn wieder zurückzuholen. Er könnte zu viel Wissen ausplaudern. Es war kein ungewöhnliches Schicksal für Spione und Agenten, dass sie am Ende eines Einsatzes eliminiert wurden. Das war stets die sauberste Lösung.

César versuchte also, seinen Groll zu unterdrücken und seinen Plan auszuweiten. Er wusste, dass es sich mittlerweile zu einer fixen Idee entwickelt hatte und ihm persönlich hatte noch kein Jude etwas getan. Er fand einfach, dass dieser Rabbi und ein so schwaches, seiner Meinung nach gar nicht friedliebendes, Volk an der Spitze der Regierung stand. Weitere Ressentiments waren nicht damit verbunden, den Plan weiter zu verfolgen.

Aber mittlerweile war eine weitere Komponente hinzugekommen: Er wollte selbst gerne die Weltherrschaft an sich reißen. Dazu hatte er nur noch nicht die passende Idee gehabt. Daher würde er zunächst weiter daran arbeiten, den aktuellen Plan zu verfolgen. Moses bei der Stange zu halten als Ablenkungsmanöver – es könnte ja sein, dass doch noch etwas dabei herauskam und außerdem würde er weiter vorn in der Geschichte ansetzen.

So wie er die Bibel verfolgt hatte, schrieb sie sich jeden Tag neu. Hauptsächlich im alten Teil. Doch es gab einen aktuellen Teil, der ebenfalls mit den Juden zu tun hatte. Ein Prophet, den auch die Moslems als solchen anerkannten, irgendeinen unbedeutenden Straßenprediger, der durch die Lande zog, einer von vielen, der bei den Menschen in seiner Umgebung einen tiefen Eindruck hinterlassen hatte. Einer, der nur den Juden gepredigt hatte und dann außer Landes gezogen war, als die Römer zunehmend die revolutionären Prediger auspeitschen oder töten ließ.

Er war zwar nur ein unbedeutender Mann in der Geschichte, aber eben ein Jude, der weitere Juden inspiriert hatte. Also müsste man ihn eliminieren. Die Geschichte gab nicht viel dazu her, was natürlich schade war, sonst hätte er viel bessere Maßnahmen einleiten können, aber sei's drum.

Nach seinen Recherchen gab es damals mindestens 62 verschiedene Prediger, die sich Jeshu, Jesus, Yehoshua oder ähnlich nannten und mehr oder minder dasselbe Gedankengut inklusive einiger kleiner Heilwunder – oder Jahrmarktszaubereien – verbreiteten, um sich beim Volk einzuschmeicheln. Er würde einfach ein paar Agenten zu der Zeit aussetzen, die die Sache unterbinden würden.

Es kam ihm gerade gelegen, dass die Römer damals solche Prediger eliminiert hatten. Es sollte also ein Leichtes sein, jemanden dort auszusetzen, der diese Prediger alle in Misskredit brachte, damit einer nach dem anderen von der Bildfläche verschwand.

Notfalls könnte man auch einmal eine radikalere Maßnahme ergreifen. Sollte er zufällig einen Geburtstermin eines der Knaben recherchieren können, würde er sich einfach als „Gott" einschalten und einen Agenten anweisen, den gesamten Jahrgang auszulöschen. Erdbeben, Masern, irgendetwas würde ihm schon einfallen ... Er brauchte nur noch etwas Zeit ... und davon hatte er ja zufällig so viel er wollte.

César lächelte. Ein grausames Lächeln, das seine Mundwinkel umspielte, aber nicht die Augen erreichte.

Abb. 19: Die Klagemauer mit dem Tempelberg und Felsendom in Ostjerusalem (Quinn Norton)

01.01.2106 in einer geheimen Regierungseinrichtung in Israel

„Wie geht's Moses?", erkundigte sich Daniel bei Yonatan, als er das Piepen einer eingehenden Nachricht aus der Vergangenheit hörte. „Ach, bei dem gibt es nichts Neues. Er freut sich über das Funkgerät und diese Kiste, die „Bundeslade". Trotz der Wunder und Unfälle mit dem Starkstrom und der Antimaterie und was er sich alles gewünscht hat, ist alles in Ordnung bei ihm. Und César scheint das Interesse auch noch nicht verloren zu haben, denn er taucht sporadisch immer wieder mal auf.

So wie ich das sehe, verfolgt auch das Hauptquartier in einem zeitisolierten Raum die Veränderungen in der Bibel. César scheint an verschiedenen Stellen unbedeutende Propheten ausmerzen zu wollen, die aber in den heiligen Schriften überhaupt keine bedeutsame Rolle spielen. Hast du eine Ahnung, was er damit bezweckt?"

„Naja, ich kann mir nur vorstellen, dass er sie einfach deswegen auslöscht, weil es Juden sind und er die weitere Verbreitung des Glaubens irgendwie eindämmen möchte. Wenn er denkt, er kann die Straßenprediger einfach eliminieren und es würde ihm nützen, nun, dann macht das nichts. Es wird wohl keinen großen Einfluss auf uns haben, oder?

„Aber er würde doch nie so viel Energie verschwenden, wenn er das nicht gründlich durchdacht hätte. Ohne Straßenprediger keine jüdische Religion ..."

„Ja, du könntest recht haben. Warten wir mal ab, was das Hauptquartier dazu sagt. Die werden sich in wenigen Minuten dazu melden, schätze ich mal. Die nehmen die neuen Infos aus Frankreich immer sehr ernst. Wir können nur froh sein, dass César die zwei anderen Agenten noch nicht entdeckt hat. Es ist gut, dass sie sich zurückhalten und keinerlei Interesse an den Reisen zeigen!"

Mit einem lauten Piepton kam kurz darauf der neue Befehl vom Hauptquartier. Yonatan las ihn kurz durch und wurde dann weiß im Gesicht. „Was ist los?", fragte Daniel erschrocken, als er ins entsetzte Gesicht seines Kollegen blickte.

Nachdem Daniel die Nachricht ebenfalls gelesen hatte, wurde auch er bleich. „Was wirst du tun?", fragte er mit zittriger Stimme. „Wirst du den Auftrag annehmen?" Yonatan war zwar ein hart ausgebildeter Agent, doch jetzt hatte er doch feuchte Augen. „Ich kann das nicht ablehnen. Ich habe Angst, dass sie mich ansonsten eliminieren würden. Du weißt doch – Friedensreich hin oder her – Agenten, die zu viel wissen, sind hier von je her einfach verschwunden ..."

„Aber dieser Auftrag ist Selbstmord! Das kannst du nicht machen!", rief Daniel. Yonatan zuckte die Schultern. „Ich habe wirklich keine Wahl. Wann und wo sie mich eliminieren, ist ja nur eine Frage der Zeit. So kann ich zumindest versuchen, mein Leben zu verlängern und vielleicht noch mein Volk retten. Außerdem wirst du mich sicher aus der Ferne beschützen, oder?"

Daniel musste schlucken. Yonatan war sein bester Freund seit Kindertagen. Sie standen sich näher als Brüder und er könnte heulen – gestandener Mann oder nicht – wenn er sich vorstellte, was auf ihn zukommen würde. Natürlich würde er ihn beschützen. Notfalls mit seinem Leben. Aber ihm wäre es lieber, wenn er nicht gehen würde.

„Entschuldige mich eine Sekunde, Daniel, ich muss mal eben meine Frau anrufen." Yonatan verließ das Zimmer und Daniel starrte auf den Bildschirm, als ob sich dadurch die Nachricht verändern würde, aber das tat sie nicht:

AGENT YONATAN, Sie werden ersucht, sich sofort zur Abreise in die Vergangenheit bereitzuhalten. Sie werden die Eliminierung der jüdischen Straßenprediger aufhalten. Sie wer-

den unter dem Codenamen Yehoshua sofort ebenfalls als Straßenprediger dort eingesetzt. Sie werden unauffällig dort auftauchen und sofort mit der Predigt beginnen. Ihr Teampartner AGENT DANIEL wird Kontakt halten und Ihnen weitere Anweisungen geben. Sie brechen in einer Stunde mit ihrer Spezialausrüstung auf.

Irgendwann in biblischer Zeit in der Wüste

Yonatan verzweifelte ab und zu an seiner Aufgabe. So schlimm hatte er es sich nicht vorgestellt. Jetzt wusste er, wie es Moses ergangen war, der aus der jetzigen Sicht nicht mehr lebte. Außer, man hätte ihn jetzt noch aus der Vergangenheit in die Gegenwart geholt. Doch das konnte er aus seiner jetzigen, schwierigen Position nicht beurteilen.

Da er sich inmitten der anderen Prediger erst noch hatte behaupten müssen und auch ein wenig Sicherheit haben wollte, hatte er sich rasch neue Freunde gesucht, die ihn bei seinen Predigten begleiteten. Damit es nicht auffiel, nannte er sie einfach seine Brüder und Jünger, er konnte sie auch schlecht mit dem Begriff „Security" belegen.

Über seine Vergangenheit hatte er etwas zusammenfantasiert und sich mithilfe einiger kleiner Wunder und Heilungen schnell einen Namen gemacht. So hatten die Leute sich nicht so sehr gewundert, als er plötzlich wie aus dem Nichts aufgetaucht war. Ein paar leicht beeinflussbare Leute hatte er auch mit Suggestionen und Drogen auf seine Seite ziehen können. Für einen Agenten seines Kalibers war das das Geringste seiner Probleme.

Doch die Schlinge zog sich immer enger um ihn. Es war ihm zwar gelungen, den Glauben aufrechtzuerhalten, doch durch seine unkonformen Ansichten hatte er auch viele Gegner. Er unterschied sich nicht viel von anderen, die von den Römern beseitigt worden waren.

Auch ihm waren sie bereits auf der Spur. Ob Daniel ihn aus der Zukunft beschützen konnte? Er bekam immer strengere Auflagen und konnte sich immer seltener melden. Das war beunruhigend. Aber das Hauptquartier sah es nicht gern, wenn man sich zu sehr aufeinander einließ.

Jetzt saß er allein im Garten Gethsemane und hatte die Hoffnung bereits aufgegeben, nochmals aus dieser Situation zu entkommen. Irgendwer hatte üble Gerüchte ausgestreut über Reden, die er gar nicht geführt hatte. Dass er der Sohn Gottes sei und dass er Kaiser und Könige stürzen würde.

So etwas gefiel der Regierung natürlich gar nicht. Aber was sollte er tun? Er musste den Menschen vorgaukeln, an einem Glauben festzuhalten, den es im Grunde genommen gar nicht gab. Denn er hatte bei seinen Zeitreisen kein einziges Mal eine Begegnung mit Gott gehabt.

Alles, was er mittlerweile wusste, war, dass die Heilige Schrift lediglich die Erfahrungen mit den Zeitreisenden widerspiegelte. Aber der Gott, der das Universum geschaffen und den Menschen eine Seele eingehaucht hatte, war es nicht gewesen, der die Menschen manipuliert, gejagt oder getötet hatte.

Das alles war das Werk einer rivalisierenden Gruppe von Zeitreisenden gewesen. Und er hatte die undankbare Aufgabe, als falscher Prophet einen Glauben zu verkünden, den es nicht gab und von einem Gott zu reden, der nicht existierte – denn er bezog sich ja bei der Erwähnung früherer Ereignisse auf die eingefädelten Vorkommnisse, die er selbst mit seinen Agenten inszeniert hatte – und nicht auf echte Befehle oder Wunder Gottes.

Abb. 20: Agony in the Garden
von Andrea Mantegna (ca. 1459)

Er hoffte, dass Daniel ihn bald in die Jetztzeit zurückholen konnte. Er musste hier weg, bevor sie ihn auch hinrichten würden. Dann würde er das Schicksal aller ihm bekannten Propheten in der Bibel teilen ... oder der Glaube würde zusammen mit ihm untergehen, wenn er es verbockte.

Immerhin hatte er den Leuten etwas vom ewigen Leben versprochen. Das wäre schwierig. Denn er war sterblich wie jeder andere. Wenn man ihn einfach durchbohren oder köpfen würde, dann wäre er tot. Nichts mit ewigem Leben. Die Leute würden sich vom Glauben abwenden und genau das hätte er ja eigentlich verhindern sollen. Er war ein Versager auf ganzer Linie. Hoffentlich würde Daniel sich bald melden!

César indessen fühlte sich unwohl. Es war seit langer Zeit das erste Mal, dass er sich selbst auf Zeitreisen begab. Er hatte nur eine kurze Mission zu erfüllen. Mithilfe einer Maske aus dem Drucker und guter Verkleidung konnte er in der Nacht die Menschen am besten täuschen.

Er gab sich einfach als einer der Jünger Yehoshuas aus – des Zeitreisenden der Gegenspieler, das hatte er sofort durchschaut, als die Erwähnungen in der Bibel sich mehrten – um ihn auszuschalten. Ein paar geeignete Gerüchte, ein wenig Hetze an der falschen Stelle und jetzt gab er sich gerade als Judas aus, der in etwas Césars Statur hatte, um den Römern zu verraten, wo der üble Kerl sich gerade aufhielt.

Ein wenig Bestechung und Manipulation hier und da und man würde mit ihm kurzen – oder auch langen – Prozess machen. Wenn die Juden sehen würden, wir ihr König einfach so getötet wurde, dann wäre die Sache ein für alle Mal beendet.

„Ich gehe voraus", verkündete er den Römern und zeigte ihnen den Weg zu Yehoshua, alias Agent Yonatan, der nichts ahnend im Garten saß und auf Nachricht seines Freundes wartete.

Abb. 21: Olivenbäume im Garten Gethsemane
(David Castor)

01.12.2105 in einem Forschungslabor in Frankreich

„Chapeau!", sagte César laut, als er in der aktuellen Fassung der Bibel nachschlug. Diese Hurensöhne hatten es tatsächlich geschafft, in letzter Sekunde eine Rettungsmission einzuleiten. Ein wenig Bestechung hier und da und – das war das Beste – eine erfundene „Wiederauferstehung!"

Das hätte er ihnen gar nicht zugetraut. Respekt! Wirklich ein guter Schachzug. Nun denn, dann sollte eben die jüdische Religion und ihre christliche Abart davon weiter existieren. Er verfolgte mittlerweile eine ganz andere Idee. Dass er auch nicht gleich darauf gekommen war!

Wenn man ihm hier auf die Spur kommen würde, hätte er wohl nichts zu lachen, es wäre also sinnvoll, sich abzusetzen. Und dann die Weltherrschaft an sich zu reißen. Aber möglichst in einer Welt ohne Juden.

Und er hatte da auch eine interessante Stelle in der Geschichte gefunden, die damals leider zu nichts geführt hatte. Ein kleiner unbedeutender Judenhasser hatte versucht, an die politische Macht in Deutschland zu kommen. Leider wurde er bei seinen ersten Propagandareden in einer Wirtschaft von den Zuhörern ausgebuht und verprügelt.

Er starb dann irgendwann als kleiner, unbedeutender Maler, der sich mit seinen Werken gerade so über Wasser halten konnte.

César dachte, dass es mit seinen technischen Möglichkeiten machbar sein müsste, in die Rolle dieses Malers zu schlüpfen und ihn einfach zu ersetzen ... notfalls würde er ihn einfach eliminieren. Wer vermisste schon einen Maler. Aber seine Ideen waren recht gut und die Ansätze brauchbar.

Ja, in diesem Zeitalter würde er versuchen, die jüdische Religion auszumerzen und bei der Gelegenheit selbst noch die Weltherrschaft an sich zu reißen. Und für den Fall, dass man ihn auch verprügeln oder verjagen würde, könnte er sich ja mit seiner Zeitkapsel einfach irgendwohin verflüchtigen und verstecken. Südamerika hätte zur damaligen Zeit wohl ein nettes Klima geboten.

César kontrollierte nochmals seine Ausrüstung und prüfte, ob er alles bei sich hatte. Dann verschwand er auf Nimmerwiedersehen aus dem Labor und aus dem Leben der von ihm beeinflussten Protagonisten aus der biblischen Geschichte.

Abb. 22: Monument aux Girondins,
Place des Quinconces Bordeaux Gironde France
(Patrick Despoix)

Bildquellen:

Abb. 1: Logo of the United States White House, public domain,

https://commons.wikimedia.org/wiki/File:US-WhiteHouse-Logo.svg

Abb. 2: Der Pariser Eiffelturm auf einer Fotografie von 1889, public domain,

https://commons.wikimedia.org/wiki/File:Tour_Eiffel_3c02660.jpg

Abb. 3: Menashe Regional Council offices, Foto: Michael Jacobson

This file is licensed under the Creative Commons Attribution-Share Alike 2.5 Generic license.

https://commons.wikimedia.org/wiki/File:Menashe_Regional_Council_o ffices.JPG

Abb. 4: Saint Louis Bridge in Paris, 1883 (Auguste Hyppolite Collard)

This work is in the public domain in its country of origin and other countries and areas where the copyright term is the author's life plus 100 years or less.

https://commons.wikimedia.org/wiki/Cath%C3%A9drale_Notre-Dame_de_Paris#/media/File:Pont_St_Louis_a_Paris_-_Les_Travaux_Publics_de_la_France.jpg

Abb. 5: Azrieli Center, Tel Aviv, Israel (Szmirnova Ksenia)

This file is licensed under the Creative Commons Attribution 2.0 Generic license.

https://commons.wikimedia.org/wiki/File:Azriely.jpg

Abb. 6: Erosionskrater Machtesch Ramon im Negev - Antoine Taveneaux, CC BY SA 3.0

https://de.wikipedia.org/wiki/Israel#/media/File:Views_of_Makhtesh_Ra mon_from_Mitzpe_Ramon2.jpg

Abb. 7: Rembrandt: „Der Engel verhindert die Opferung Isaaks" (1635), gemeinfrei

https://de.wikipedia.org/wiki/Abraham#/media/File:Rembrandt_Harme nsz._van_Rijn_035.jpg

Abb. 8: Fassade von Notre Dame, Paris - Greudin, gemeinfrei

https://commons.wikimedia.org/wiki/Cath%C3%A9drale_Notre-Dame_de_Paris#/media/File:Paris-notre-dame-facade.jpg

Abb. 9: Haifa – Hafen (Autor: Loopstation)

This file is licensed under the Creative Commons Attribution-Share Alike 3.0 Unported license.

https://commons.wikimedia.org/wiki/File:Haifa_-_Harbour.jpg

Abb. 10: Blick über Paris von der Galerie des Chimères von der Kirche Notre-Dame de Paris. (Michael Reeve)

CC BY SA 3.0

https://commons.wikimedia.org/wiki/Cath%C3%A9drale_Notre-Dame_de_Paris#/media/File:Notre_dame-paris-view.jpg

Abb. 11: Das Knesset, das israelische Parlamentsgebäude (Joshua Paquin, Ottawa, Canada), CC BY 2.0

https://commons.wikimedia.org/wiki/File:Knesset_building.jpg

Abb. 12: Blick auf die Judäische Wüste vom Berg Yair, Israel (Ein Gedi Natur Reservat) – (Yuvalr)

This file is licensed under the Creative Commons Attribution-Share Alike 3.0 Unported license.

https://commons.wikimedia.org/wiki/File:View_of_Judean_Desert_from _mount._Yair,_Israel.jpg

Abb. 13: Moses vor dem brennenden Dornbusch, Gebhard Fugel, um 1920, Diözesanmuseum Freising, Inv. D 94117

https://commons.wikimedia.org/wiki/File:Gebhard_Fugel_Moses_vor_d em_brennenden_Dornbusch_c1920.jpg?uselang=de

Abb. 14: The Finding of Moses, Gemälde von Sir Lawrence Alma-Tadema, 1904, gemeinfrei

https://en.wikipedia.org/wiki/Moses#/media/File:Moses_-_Alta-Tadema.jpg

Abb. 15: Die Anbetung des Goldenen Kalbes – Nicolas Poussin, 1633, gemeinfrei

https://commons.wikimedia.org/wiki/File:GoldCalf.jpg

Abb. 16: Moses von José de Ribera (1638), public domain

https://commons.wikimedia.org/wiki/File:Moses041.jpg

Abb. 17: Moses und Joshua im Tabernakel – James Tissot ca. 1902, public domain

https://commons.wikimedia.org/wiki/File:Tissot_Moses_and_Joshua_in_the_Tabernacle.jpg

Abb. 18: Triumpfbogen, Paris (Michael Meinecke), CC BY SA 3.0

https://commons.wikimedia.org/wiki/File:Arcdetriomphe_2.jpg

Abb. 19: Die Klagemauer mit dem Tempelberg und Felsendom in Ostjerusalem (Quinn Norton), CC BY 2.0

https://commons.wikimedia.org/wiki/File:The_west_wall_and_the_temple_mount.jpg

Abb. 20: Agony in the Garden von Andrea Mantegna (ca. 1459), gemeinfrei

https://commons.wikimedia.org/wiki/File:Andrea_Mantegna_-_Agony_in_the_Garden_-_WGA13946.jpg

Abb. 21: Olivenbäume im Garten Gethsemane – David Castor, gemeinfrei

https://commons.wikimedia.org/wiki/File:Getsemane.jpg?uselang=de

Abb. 22: Monument aux Girondins Place des Quinconces Bordeaux Gironde France(Patrick Despoix),

CC BY SA 3.0

https://commons.wikimedia.org/wiki/File:083_-_Colonne_et_fontaine_des_Girondins_Place_des_Quinconces_-_Bordeaux.jpg

Daniela Mattes

Daniela Mattes, geb. 1970, Diplom-Verwaltungswirtin (FH) hat ihre schriftstellerische Laufbahn 2005 mit einem Kinderbuch begonnen.

Seither ist sie jedoch in jedem Genre vertreten und hat in verschiedenen Verlagen Kinderbücher, Fantasybücher, historische Romane, esoterische Bücher und Wahrsagekarten veröffentlicht.

Mit zwei Autorenkolleginnen hat sie lange Zeit die Kolumne „Federlesen" geschrieben, die zunächst in der Tageszeitung, dann als Printausgabe veröffentlicht wurde.

Für den Ancient Mail Verlag hat sie bereits einige Bücher ins Deutsche übersetzt.

Daniela Mattes beschäftigt sich seit dem 14. Lebensjahr mit Astrologie und hat einen Abschluss in Astrologischer Psychologie (SGD). Außerdem interessiert sie sich für Wahrsagen und Steinheilkunde sowie alte Kulturen und ungelöste Rätsel.

Mehr Informationen zu ihrer Person sind auf ihrer Webseite ersichtlich:

www.daniela-mattes.de / www.daniela-mattes.com

Oder auf der Seite des Ancient Mail Verlages:

https://www.ancientmail.de/autoren/daniela-mattes/

Weitere Bücher der Autorin:

Der Fall Lizzie Borden. Amerikas berühmtester Mordfall des 19. Jahrhunderts

Paperback
384 Seiten
ISBN-13: 978-3-7407-3443-5
Verlag: TWENTYSIX
Erscheinungsdatum: 21.11.2017

Der Fall von Lizzie Borden ist einer der berühmtesten Doppelmorde in der amerikanischen Geschichte, der die Amerikaner auch heute noch beschäftigt.

Am 4. August 1892 werden der schwerreiche Fabrikant Andrew Borden sowie seine zweite Frau Abby Borden mit mehreren Axthieben bestialisch ermordet. Außer der jüngsten Tochter Lizzie und der Dienstmagd Bridget war zum Tatzeitpunkt niemand im

Haus. Doch angeblich hat keine der beiden etwas gesehen oder gehört. Lizzie Borden wird schließlich der Prozess gemacht, doch sie wird aus Mangel an Beweisen freigesprochen. Zu Recht?

War sie es? Hat sie den perfekten Mord begangen? Oder war sie es nicht? Aber wer war es dann? Viele Verdächtige, zwielichtige Zeugen, schlampige Polizeiarbeit und die Missachtung üblicher juristischer Verfahrensweisen geben dem Fall zusätzlich einen seltsamen Anstrich.

Was ist damals in Fall River, Massachusetts wirklich geschehen? Das Buch versucht, den Fall umfassend darzustellen und Lösungen dafür anzubieten, was sich damals zugetragen hat. Folgen Sie der Autorin auf der faszinierenden Spurensuche eines der berühmtesten Fälle der Kriminalgeschichte.

"Lizzie Borden took an axe,
And gave her mother forty whacks,
When she saw what she had done,
She gave her father forty-one."

BUCH DES MONATS MAI 2018

(gewählt von den Lesern von „Ihr Buchwerber").

Trailer dazu auf Youtube:

https://www.youtube.com/watch?v=gnMWH-uV1fA

Mythos: Feen und Elfen - Gibt es sie wirklich?

Eine literarische Suche nach dem Ursprung der Sagengestalten in den alten Überlieferungen aus dem keltischen Raum

Paperback
160 Seiten
ISBN-13: 978-3-7407-4357-4
Verlag: TWENTYSIX
Erscheinungsdatum: 08.01.2018

Wir alle kennen Geschichten über Feen und Elfen. Alles nur wunderschöne Märchen - oder doch nicht? Auf der Suche in alten Sagen, Märchen und Überlieferungen lässt sich eine Vielzahl interessanter Anhaltspunkte dafür finden, dass es diese Wesen tatsächlich gibt oder gegeben hat. Doch was sind sie eigentlich? ...

Buch des Monats April 2018 (gewählt von den Lesern von „Ihr Buchwerber").

Trailer dazu auf Youtube:

https://www.youtube.com/watch?v=bBkIHeFzW_8

Katharina – Mord unterm Baldenberg

Roman, überarbeitete und erweiterte Neuauflage,
ISBN 978-3-95652-222-2, DIN A5, Paperback,
196 Seiten, Ancient Mail Verlag

1680 – Krieg und Armut herrscht. Katharina erblickt das Licht eines düsteren und grausamen Zeitalters. Zwei Jahre nach ihrer Geburt stirbt ihre Mutter. Zusammen mit ihrem Vater begibt sie sich auf die Suche nach Arbeit. In Spaichingen finden sie beim Rees-Bauer Unterkunft und eine Anstellung als Knecht und Magd. Eine harte Zeit voller Sorgen, Hunger und Entbehrungen, die Katharinas Vater nicht überlebt.

Die Bäuerin nimmt sie unter ihre Fittiche. Katharina wächst heran und träumt von einem besseren Leben. Von einem Dasein mit einem liebevollen Mann, Haus und Kindern.

Jakob, ein Hallodri aus Stuttgart, der sich mit seinem Vater überworfen hat, kreuzt ihren Weg. Er macht ihr den Hof, verspricht Liebe und Heirat ... und sie gibt sich ihm hin. Sie wird schwanger und er verschwindet bei Nacht und Nebel.

Allein steht sie vor einer ungewissen Zukunft. Ängste und Kummer nagen in ihr, sie will das ungewollte Kind nicht. In der Zwiesprache mit der Muttergottes sucht sie ihr Heil ...

Doch alles Bitten ist vergebens, sie gebiert ein Mädchen ... und versenkt es in einer Jauchegrube ...

Katharina Fischer von Trossingen ist wegen Kindstötung am 13.7.1696 im Espan enthauptet worden; sie gab sich dabei glücklich, fromm und tapfer. (aus dem Familienregister Spaichingen)

Eine ergreifende Geschichte eines jungen Mädchens, verfasst nach wahren Begebenheiten.

Aufbruch in die Neue Welt

- 1848 - Vom Heuberg nach Amerika

Ein beinahe wahrer Bericht über die
Auswanderung vom Heuberg 1848

(nach historischen Berichten in Romanform geschrieben)

Überarbeitete und erweiterte Neuauflage,
ISBN 978-3-95652-220-8, DIN A5, Paperback,
116 Seiten, 16 s/w-Abbildungen
Ancient Mail Verlag

Auswandern - auch heute wieder ein Thema - war vor knapp 160 Jahren kein romantisches Abenteuer, sondern konnte leicht in lebensbedrohliche Situationen führen. Schon der Weg stellte ein großes Risiko dar. Manches Mal erreichte nur ein Bruchteil der ursprünglichen Schiffsbesatzung ihr Ziel.

In ihrem Buch begleitet Daniela Mattes einige Menschen auf ihrer Reise über den Atlantik und berichtet in mehreren kurzen Episoden von ihren Erlebnissen an Bord eines Segelschiffes, das direkt von Hamburg aus New York ansteuerte.

Reisen Sie mit: Vom Heuberg nach Amerika!

Der Zeitpionier

Roman

Neuauflage, ISBN 978-3-95652-221-5, DIN A5, Paperback,
128 Seiten, 18 s/w-Abbildungen, Ancient Mail Verlag

Als Joachim mit seinem Kaninchen zum Tierarzt geht, hat er nur
einen Gedanken: Hoffentlich macht Frau Doktor Schwarz meinen
kleinen Hasen wieder gesund. Damit, dass er, kaum in der Praxis
angekommen, urplötzlich im Wilden Westen des Jahres 1846 lan-
det, hat er sicher nicht gerechnet.

Wie ist er hierher gekommen und wie kann er wieder zurückge-
langen? Er findet kaum Zeit, sich darüber Gedanken zu machen,
denn jetzt geht es erst mal darum, in der ungewohnten und ge-
fährlichen Umgebung zurechtzukommen. Gar nicht so einfach für
einen Zwölfjährigen, der mit seiner seltsamen Kleidung den Arg-
wohn der Menschen weckt.

Ein nettes Ehepaar nimmt sich seiner an und er begleitet sie auf
ihrer Reise nach Oregon. Hautnah erlebt er die Strapazen der ersten Siedler auf dem Oregon-Trail und lernt viel vom Trapper
Grizzly-Bob, der die kleine Wagenkolonne anführt. Außerdem
findet er auch Freunde, was ihn die Gefahren leichter ertragen
lässt.

Was der Joachim nicht weiß: Auch die Tierärztin ist durch die Zeit
gereist und auf einer Farm gelandet, wo sie für einiges Aufsehen
sorgt. Die Ärztin muss zwar nicht die 3.000 Kilometer bis Oregon
reisen, hat jedoch mit den Tücken des Alltags auf der Farm zu
kämpfen und bringt die Bewohner mit ihren modernen Ideen
ganz schön durcheinander.